「愛しい人……私といっしょに、ウォルフヴァルト
に来てくださいますか？」　　　　　（本文より）

BBN
B-BOY NOVELS

白い騎士のウエディング

～Mr.シークレットフロア～

あさぎり夕

イラスト／剣解

この物語はフィクションであり、実際の人物・
団体・事件等とは、いっさい関係ありません。

CONTENTS

登場人物紹介

ユリウス

32歳。中欧のウォルフヴァルト大公国の貴族であり、世界的時計メーカー『LOHEN』のCEO。最高の栄誉である騎士の称号も持っている。

栗原基樹 くりはら もとき

24歳。以前は老舗百貨店『KSデパート』に勤めており、そこでユリウスと出逢った。ある特殊体質の持ち主で、そのせいで家族とは疎遠になってしまった。

フリードリヒ

ウォルフヴァルト大公国の第二王子。尊大で、国民にも「炎のフリッツ」と恐れられているが、祖国を心から愛している。

根岸和巳 ねぎし かずみ

真面目で、仕事等にも一生懸命取り組むタイプ。人の感情が「色」で見えてしまう特殊な体質にコンプレックスを抱いている。

白い騎士のウエディング

~Mr.シークレットフロア~

中欧の針葉樹の森の中に、小さいながらも、豊かな国がありました。

昔ながらの伝統や街並みをいまに残したその国から、はるばる日本を訪れた一人の公爵様が、運命に導かれるように、一介の百貨店従業員と出会い、恋に落ちたのは、燃えさかる情動に似合った陽差し眩しい盛夏のころ。

もはや離れられぬと感じた二人は、互いに一生をともにすると誓いあったのでした。

――めでたし、めでたし。

お伽話なら、そこで終わる。誰もが満足するハッピーエンド。

けれど、日本の一庶民が、公爵様の国に渡って、本当に幸せになれるのか?

なにしろ、二人はどちらも男――同性同士という禁忌《きんき》を超えた恋なのだから、愛しあう二人は子供にも恵まれて幸せに暮らしました、などとつごうのいい展開は期待できない。

これは、めでたし、めでたし、のさきの物語である。

1

それは、街路樹の紅葉が散りはじめ、都会に冬の気配が近づく、十一月半ばのこと。

高級ラグジュアリーホテル『グランドオーシャンシップ東京』は、宝石箱をひっくり返したようなイルミネーションに彩《いろど》られた都会の夜景の中、ひときわ優雅な光を放っていた。

その最上階近く、VIP専用のシークレットフロアの一室――家具も装飾もロココの風雅に設《しつら》えられた中に、一枚の絵のようなカップルがいる。

ひとりは栗原基紀《くりはらもとき》、二十四歳。

いつもは量販店の吊《つる》しの背広のお世話になっているが、今日は最初で最後の大出費とばかりに、一カ月ぶんの給料をつぎ込んであつらえたスーツを着ている。

恋人からの、身にあまるほどのプレゼントには、ブランド物の衣装も数えきれないほどあるのだが、特別な夜だから、自分の手で得たものを身につけたいのだ。

そんな律儀な心根は顔立ちにまで表れて、いかにも日本人的な細い眉や薄い唇は、性格に見合ったおとなしい印象をかもし出している。

いま一人が、基紀の恋人、ユリウス・フォン・ヴァイスクロイツェン、三十二歳。

中欧にある世界で五番目に小さいウォルフヴァルト大公国の公爵であり、世界的時計メーカー『LOHEN《ローエン》』をはじめとした数々の優良企業を経営するだけでなく、進んで祖国の福祉事業にも出資し、それらの功績を認められて騎士《リッター》の称号を与えられた男。

肩書きのぶんだけ勲章《くんしょう》をつければ、左胸だけでは足りないほどである。

白《ヴァイス》を姓に戴《いただ》く家系らしく、銀糸の刺繍《ししゅう》も美しい立襟と金の飾り紐《レニヤード》以外、純白の地の礼服を身にまとった姿は、まさにヨーロッパ貴族の名にふさわしい。

そんな仰々《ぎょうぎょう》しいまでの正装を過不足なく着こなせる、優に一九〇センチはある長身、鍛《きた》え上げられた体軀《たいく》、軽やかに踊るハニーブロンド、ピーコックグリーンの瞳——ゲルマン民族の誇りを具現化したような存在を前にして、基紀は常以上の緊張に胸を高鳴らせている。

会うたびごとに、想いは深まるばかりだが、今夜はやはり特別な日だから。

晩餐《ばんさん》を終えて、ナプキンで口元を拭う仕草さえも上品に、ユリウスは対面の席にいる恋人に向かって、こう切り出した。

「さて、いよいよだ、基紀。明日の晩餐は、ウォルフヴァルトの私の居城でということになる」

出会ってようやく三カ月。紆余曲折《うよきょくせつ》をへながらも、強い絆で結ばれた二人にとって、今夜が日本で最後の夜なのだ。

パスポートやビザの取得、会社を辞めるにあたっての仕事の引き継ぎなどに、一カ月ほどかかってしまったが、明日になればお初の飛行機に乗って、かの国に発つ。

狼《おおかみ》の遠吠えが響くという、ユリウスの故郷、ウォルフヴァルト大公国に。

「きみには、まず私の秘書として、見聞を広めてもらう」

「はい」

「あちらでの就労許可はすでにとってあるから、不都合なことはないはずだが——実はその前に、きみに大事な話があるのだ。こんなギリギリになって、なんなのだが……」

いつも言語明瞭なユリウスが、なにやら妙に言い淀んでいる。

「プロポーズまでしておいて、こういうことを言うのは卑怯《ひきょう》なような気もするのだが。——正式な結婚はしないほうがいいと思うのだ」

「え？」

「二人だけで式を挙げようと言った気持ちは、うそではない。ウォルフヴァルトでは同性婚が許されているし、婚姻相手が他国の者であろうと、正式に婚姻届が出せる。だが、私の場合、それをするにはいろいろと問題があって……」

きりりとつり上がった眉の下、強靭《きょうじん》な意志をうかがわせる鋭い眦《まなじり》の双眸《そうぼう》も、いまはどこか遠慮がちに伏せられている。

「知っていると思うが、私には敵が多い」

「――ええ、それは」

以前の日本滞在のおり、ユリウスは暴漢に襲《おそ》われて、脇腹を刺されたことがある。

ユリウスを政敵と見なしている大公家の第二王子、フリードリヒ・フォン・ヴァイスエーデルシュタインの部下による、独断の犯行だったのだが。それは氷山の一角でしかない。

ウォルフヴァルトにいてさえも、影武者となれるように、外見の似たSPに警護されながら暮らしているくらいで、ともあれ、危険とは隣り合わせの毎日なのだ。

「両親を失って以来、私は少々厭世的《えんせいてき》になっていたのだと思う」

厭世的――なんともユリウスに、似つかわしくない言葉だ。

こうして基紀とすごす時間を捻《ひね》り出すのにさえ苦労しているくらい、仕事三昧《ざんまい》の日々を送っている男のどこに、呑気《のんき》に厭世観に浸っているヒマがあるというのか。

「いま思うと、両親が行方知れずになったときから、生への執着を失っていたようだ」

何気ない呟《つぶや》きに、基紀はユリウスが背負ってきた人生を、思い返す。

ユリウスの両親は、ベルリンの壁崩壊間際の東ドイツに渡って、そのまま行方知れずになったと聞いている。

もしも父親が存命だったら、大公の座についていたかもしれない。

それほど伝統ある家系の誇りを両肩に背負わされてしまった少年が、どんな気持ちでこの二十年あまりの歳月を、国に捧げて生きてきたのか。

その孤独、その失意。常に多忙を極めていないと、なにか危ない誘惑に引きずり込まれてしまいそうなほどに、実は人生に倦《う》んでいたのかもしれない。

「もっともいまは、以前の自分はなんて愚かだったのかと思うくらいに、毎日がバラ色すぎて、恋とはすばらしいものだと、心底から思っているよ」

その言葉がうそでないことを示すように、基紀を見つめるピーコックグリーンの瞳は、キャンドルの光を弾いて生き生きと輝いている。

「だが、以前の私には、死に対する恐怖がなくてね。それどころか、騎士として死ぬことこそが名誉だと思い込んでいた。無謀な挑戦を仕掛けてくる者達には、手段も選ばず、遠慮もなく、徹底抗戦の構えで立ち向かってきた。――ゆえに、いまの私があるのだが」

「――うん。そのぶんだけ、よけいに敵を作っちゃったんだね」

遠回しにしても結果は同じだからと、基紀はズバリと核心を突いてやる。

ユリウスはバツが悪そうに、いつもは自信満々の視線をしらりと泳がせる。

「まあ……そういうことだ。あちこちから恨まれすぎているがゆえに、きみと結婚したりすれば、私だけではなく、きみにまで累がおよびかねない」

「ああ……」

そういうことか、と基紀は納得する。

伴侶となれば、基紀はユリウスにとって特別な人間となる。いままではユリウス当人に向けられていた憎悪が、今度は基紀に向けられることにもなりかねないわけだ。

「それ以前に、身内からの反対は目に見えてるよね」

「ああ、それもある」

ヴァイスクロイツェン家は、大公家と並び称される名家である。

ユリウスには結婚して子供を作らねばならない義務がある。むろん男同士では無理な話だ。

養子をとるという手もあるのだろうが、ユリウスの性格上、自分の気質を受け継いでいない者を跡継ぎにするとは思えない。

同性を伴侶に選ぶことは、すなわちヴァイスクロイツェン家の断絶を意味するのだ。

当然だが、親類縁者や、公爵家の恩恵によくしている者達が、それを歓迎するはずはない。

ただでさえ、ウォルフヴァルトでは、皇太子派、第二王子派、ユリウス派が、次代の大公の座を狙って、反目しあっていると聞く。

（けど、皇太子はすでに結婚してるし、男の子もいる。いまさらひっくり返るなんてことがあるとは思えないんだけど）

基紀などはそう思うのだが、ウォルフヴァルトは武勇を誇る民でもあるせいか、穏健な皇太子では国を率《ひき》いていくには頼りないと感じて、『炎のフリッツ』と畏怖《いふ》される第二王子のフリードリヒや、ユリウスを支持する一派も多いのだ。

そんな理由もあって、ユリウスは基紀との関係を、未だ周囲に告白できずにいた。

中には、ユリウスを血迷わせた男に消えてもらえば解決する話だ、と物騒なことを考える輩《やから》もいないではないのだ、恐ろしいことに。

「独立して二十余年、大公家はウォルフヴァルトの要となって、公国を牽引《けんいん》してきた。もはや、ヴァイスエーデルシュタイン家が大公を継ぐ流れを止めることはできないというのに、二大公爵家の意地なのか、あきらめるなと言う者も多い」

ユリウスは、ほーっと長い息を吐く。

「この状況では、正式な結婚を認めてもらうのは難しいだろう」

「なんだ、そんなことを気にしていたの。僕はもともと結婚には、こだわってはいないんだけど。むしろ、同性婚にはちょっと抵抗があるっていうか……」

基紀は、できるだけ軽く言って、肩をすくめる。

「ああ、そういえば……。私は最初からきみに結婚を申し込んでいたのに、いやがっていたのはきみのほうだったな」

「うん。僕、日本人だから。同性と結婚するって常識がないんだよ」

それに、と基紀は胸の奥にいまもある、ほろ苦さを感じて、ひっそりと笑む。

そもそもユリウスがプロポーズしてきた理由は、偶然にも基紀がユリウスの秘密を知ってしまったからで、最初から恋愛感情があったわけではないのだ。

逆に、基紀のほうこそ、意識はしないまでも、一目惚れに近い感覚だったと思っている。

「日本で同性婚なんて、百年たっても無理だと思う。この国は、野放図《のほうず》にいろいろ放っているわりに、実は頭が固いから」

「そうなのか？　歌舞伎では男が女形《おんながた》をするものだし、もともと男色の風習があった国だから、もっと鷹揚《おうよう》なのかと思っていた」

「ぜんぜん鷹揚じゃないよ。問題になりそうなことは、あえて目に入れないようにしてるだけで。夫婦別姓でさえ無理っぽいのに、同性婚なんて論外だよ」

確かに自由な部分は多い。だが、それは他人の面倒事に首を突っ込みたくないがゆえの、放置という名の自由ではないかと、以前に公務員をしていたときの経験から、基紀は思っている。

理不尽と感じることがあろうとも、知らぬ存ぜぬを決め込んで、悪目立ちせずにいるのが無難なのだと痛感した。

だが、そういう基紀こそが、変わり映《ば》えのない日々を生きていくために、傍目《はため》にはまっとうに見えるだろう公務員の道を、自ら選んでいたのだ。

変わり者のレッテルを貼られることを恐れ、平凡こそがいちばんだと決めつけて、普通という観念の中に埋没していたあのころ。

なにをそこまで恐れていたのかと、いまとなれば不思議になる。

どこにいようと、自分は自分でしかなく、そして、周囲からの威圧感もまた、変わりなく押し寄せてくるのだから。

視線を上げれば、目の前の自信の塊《かたまり》のような男から、否応なしに感じる色。

それは、『共感覚』と呼ばれる力が捉えるものらしい。昨今では、共感覚を持つと公言している芸能人もいて、以前よりは耳にする機会も増えてきたものの、それでもまだまだ一般的なものではない。

他人には見えない、基紀だけが捉えるユリウスの色。

その眩しいほどの純白に、出会った瞬間から捕《と》らわれていたのだ。

「僕を変えてくれたのは、ユリウスだから。あなたのいいようにして」

「いいのか？　私は結婚すると約束したのに」

「大事なのは書類上のことじゃない。お互いの気持ちでしょう。だから、結婚なんてしなくてもいいんだ。僕は、あなたのそばにいられるのなら、それで」

「基紀……！」

感極まったように、基紀の名を呼んで、ユリウスは椅子から立ち上がる。そのまま基紀のそばに歩み寄って膝をついた。

「ありがとう、基紀。——婚姻届は出せなくても、私の伴侶はきみだけだ。神と祖先の御前で、二人で式だけは挙げよう」

まるで命を懸《か》けた姫君に傅《かしず》くかのように恭《うやうや》しく見上げながら、自らが贈ったエンゲージリングの輝く基紀の左手を、愛しげにとる。

「愛しい人……私といっしょに、ウォルフヴァルトに来てくださいますか？」

日本人なら照れてしまってとうてい口にはできないだろうことを、ユリウスは本心から告げるのだ。鮮《あざ》やかなピーコックグリーンの瞳に恋人の姿を捉えながら、わずかの揺るぎもなく。

それは自信というより、信念というほうが似合っている。

「う、うん……」

基紀のほうはといえば、痛いほどにまっすぐな瞳にたじろいで、ついつい視線を泳がせてしまう。じっと見られるのは、あまり得意ではない。

ユリウスに恋をして、情熱のすばらしさを身にも心にも染み込むほどに味わってしまった以上、いつまでも気弱を言い訳にしていてはいけないと思うのだが、生来《せいらい》の性格がそう簡単に変わるわけもなく。

こうして強い視線に搦《から》めとられれば、否応なしに胸は弾むのに、反面、どこかむずむずするような心許なさも感じてしまう。

添えられたままの手のひらから、ユリウスの体温が流れ込んできて、徐々に基紀の身体までも熱くしていく。うっすらと肌が汗ばんでくるのがわかる。

「僕、外国なんて、旅行ですら行ったこともないし、ドイツ語も話せない。でも、これから勉強すれば、いいだけのことですよね?」

「きみは頭がいいし、ドイツ語なんて、三カ月もあれば覚えられるよ」

「そうですね……。やってやれないことはない、ような気がします」

これまで知らなかったこと、知ろうとしなかったこと。

真面目だけが取り柄で、人との争いを嫌い、おとなしくて目立たない、努力型日本人の典型という性格にあぐらをかいて、好奇心すら持とうとしなかったいままでの自分を捨てるために。

自分とは無縁だと、見ようとさえしなかった生き生きとした活力に溢《あふ》れた世界への、第一歩を踏み出すため。

同性愛の禁忌を越えて結ばれた人の傍《かたわ》らに、常にあるために。

波風を立てずに生きていくために、形だけ手に入れた職場も、寝に帰るだけのマンションの部屋も、笑顔で挨拶《あいさつ》するだけの近所づきあいも、すべて放り出してもかまいはしない。

「それで……きみのほうは、ご家族とは話しあったのか?」

基紀は、いいえ、と首を横に振る。

「両親と兄は、たぶん僕がいなくなったほうが安堵《あんど》すると思うから」

外国で暮らすことになったと電話で報告だけはしたが、驚きのあとに、かすかに安堵の吐息が聞こえた。これで縁が切れると、むしろホッとしているのはあちらのほうなのだ。

電話を切ってから、家族と最後に顔を合わせたのはいつだったろうか、と考えて、どうにも思い出せないことに呆《あき》れてしまった。それほどに疎遠になってしまっていた。

大学を卒業して独り立ちしたあとは、一度も実家に顔を出していないということで、かれこれ二年以上も会っていないのだ。

「――いまさら、失って惜しいものがあるわけじゃない」

本当に、名残惜しいものがひとつもないのが、かえってさばさばする。

「僕は、あなたと行きます。あなたの国へ……あなたといっしょに」

ユリウスは基紀の返事に、極上の笑みを見せた。

「もう、食事はすんだ?」

問いかけてくるピーコックグリーンの瞳が、妖《あや》しい情欲に潤みはじめている。

「ええ、もうじゅうぶん……」

なにやら妖しい予感に肌をさざめかせて、基紀はこくりと喉を鳴らす。

「だったら、今度はきみを食べたい」

ゆるりと立ち上がり、耳朶《じだ》に囁きかけてくる男の、なやましすぎるハスキーな声音に、基紀はカッと頬を火照《ほて》らせたのだ。


ロココの優雅に満ちた寝室に、荒い吐息と、淫猥《いんわい》な感のある粘着質な音が響く。

「私は……余裕がないな、きみを前にすると、ただの獣に成り下がる」

天蓋《てんがい》つきのベッドの中、上質なリネンを乱しながら二人の男の裸体が、絡まり乱れる。

最後の夜だからあらゆる体位を試そう、と嬉々《きき》としてとんでもない提案をしたユリウスに、バスルームでは後背位で、ベッドでは騎乗位で抱かれたあと、ようやく正常位での交合となったのだが、この段階で基紀のほうはすでにギブアップ寸前になっていた。

ウォルフヴァルトの歴史を紐解けば、ゲルマン民族の大移動にまで遡《さかのぼ》るという。

ユリウスの体内には、獲物を求めて見知らぬ土地へと南下した民族の、勇猛果敢《ゆうもうかかん》な血が脈々と息づいているのだ。

普段は純白の礼服に身を包み、誇り高き公爵として気高くある男だが、愛する者とつがうこんな夜、ユリウスの野性は否応なしに目覚める。

バスルームでは、やわらげるという理由にもかかわらず、遠慮なく掻き回された。身のうちから湧き上がる祖先の血に煽《あお》られたかのように、基紀を貪る仕草に容赦はなく、視界が揺れるほどガツガツと穿《うが》たれて、平凡な日本人青年が——それも、勉強はそこそこできたものの、そのぶん運動はさほど得意ではないというのに——よくもこの激しさに耐えられるものだと感心したほどだ。

ユリウスとこんな関係になって以来、それまで経験したことのないほどの運動量をこなしているが、意外とやれてしまうものなのだと新たな発見の毎日なのだが。

つまりは、楽しいか、楽しくないかの問題で。

基紀にとって、汗に濡れる肌が心地いいと感じられるような運動が、ユリウスのセックスが初めてだったという、それだけのことなのだ。

(でも……本当に、これは現実なのかな?)

ときおり、すべてが夢のように感じられて、基紀は甘い官能に揺らされながら、生まれ育った日本での、さして楽しくもなかった二十四年の人生を振り返る。

父親は市役所勤めの公務員。四つ年上の兄も、無難に教師の道を選んだ。

真面目を絵に描いたような一家に生まれた基紀もまた、地道な努力家で、血液型占いそのままの、A型優等生というタイプだった。

望んでいたのは、平凡だけど穏やかな日々。波乱などいらない。いつか見合い結婚でもして、子供は二人くらい……と、実に慎ましい未来を漠然《ばくぜん》と夢見ていた。

にもかかわらず、その平凡な生活こそが、基紀には難しかった。

基紀には、人の顔と名前に色を感じるという、奇妙な力があったのだ。

幼いころはそれが他人と変わっていることも知らず、お兄ちゃんは緑だね、などと無邪気に口にしていた。

情報時代の昨今なら、『共感覚』でネット検索すれば、ずらりと症例が並ぶ。

だが、二十年前ともなれば、なにを変なことを言いだすのだ、と気味悪がられるだけだ。

家族は驚愕も露《あら》わに、頭から基紀の力を否定した。妙なことを口走るな、と不快感丸出しで叱られるたびに、もともと遠慮がちだった性格は萎縮していくばかりだった。

ひたすら目立たぬようにすごした学生時代、心から信頼できる、恋人も友人も作ることはできなかった。

卒業後は父親と同じ公務員の道を選び、文化財保護課という地味な部署へと回されたものの、不特定多数の人々を相手にする窓口業務は、基紀には苦痛以外のなにものでもなかった。

その人物固有の色を、顔と名前に感じる基紀には、偽りの署名がわかってしまう。

善良な市民が、公的書類に平気で偽りの名を書く——それを見つけるたびに人間不信はつのるばかりで、結局、一年で挫折した。

半年間の就活のあと、運良く老舗《しにせ》百貨店『KSデパート』の臨時雇いに採用されたものの、配属さきは、地道がモットーの基紀にはとうてい似合わぬジュエリー部門『GRIFFIN《グリフィン》』だったのだ。

それがユリウスと知りあうきっかけになったのだから、人生というのは不思議なものだ。

もしもこの力がなかったら、ユリウスが宝飾品もあつかう世界的『LOHEN《ローエン》』のCEOでなかったら、すれ違うことさえなかっただろう。

なのにいま、基紀の手は、逞《たくま》しい男の金髪を掻き抱いている。

花びらのような痕を残しながら肌に散っていく、唇の甘さを味わっている。

胸元に、首筋に、頬にと這い上がってきたそれが、行きついたさきで濃厚な口づけとなって、基紀の口腔《こうこう》内をねぶる。絡まる舌もゆったりと、ぴしゃぴしゃと互いの唇のあいだで響く音も、さっきまでよりずっと余裕がある。

二度の放出で、少しは勢いの治まった男は、いまはゆるゆると穏やかな律動がもたらす焦《じ》れるほどの交合の中、基紀の表情の変化を楽しんでいる。

互いに抱きあうことのできる正常位が、基紀的にもいちばん好みなのだが、この体勢だと否応なしに視線が絡んでしまい、それがどうにも気恥ずかしくてしょうがない。

「きみに見つめられると、なにもかも見透かされてるようで、照れるな」

だが、それはユリウスとて同じらしく、口づけのあいだから、吐息とともに囁く。

照れるユリウスというのが、妙に珍しくて、基紀はくすっと笑う。

「ふふ……。今夜のユリウス、なんか必死な子供みたいだよ」

基紀にしては珍しいからかいの言葉を、ユリウスは褒められたと勘違いしたようで——とはいえ、この男はなんであろうと自分のつごうよく受けとるのだが——本当に子供のように笑う。

「日本で最後の夜なので、感慨はひとしおなのだ。ここで、きみと出会った。——その思い出を、ひとつひとつしっかりと、脳裏にも身体にも刻み込んでおきたいのだ」

「それは……僕だって同じだよ。ここは運命の場所だから」

慣れない睦言《むつごと》を、ひっそりと囁いたとたん、ユリウスの瞳がひときわ輝きを増した。同時に、常に感じている純白が、一気に溢れて基紀を包み込む。

それは、初めて見たときから、ずっと変わることのない美しい光輝となって、基紀の心を身体を恍惚《こうこつ》に震わせるのだ。

基紀が感じるこの色の説明をするのは、かなり難しい。

生まれたばかりの赤ん坊にとって、あらゆる感覚は曖昧《あいまい》としたものらしい。成長するとともに脳も発達し、視覚、聴覚、味覚、触覚、嗅覚の五感が独立していくのだが、中にはそれらが未分化なまま大人になってしまう者がいるのだという。

つまり、脳の中のそれぞれの外的刺激を受け止める部位が混乱しているような状態で、音を聴くと色が見える『色聴《しきちょう》』や、印刷されている黒い文字に色を感じる『書記素色覚《しょきそしきかく》』など、様々な症例があるという。

それらをひっくるめて、『共感覚』と呼ぶのだ。

ただし、現れ方に個人差がありすぎるがゆえに、統計をとったりするのが困難で、理論的な部分の解明はまだまだなされていないのが現状だ。

基紀自身もこの力を『共感覚です』と、胸を張って言えるわけではない。

たぶん、『書記素色覚』に近いものだと思いはするが、人の名前限定というあたりが、かなり違う。書かれている文字にもだが、耳で聞いたときにも色のイメージが浮かぶし、同時にその名の持ち主からも、同じ色を感じるのだ。

それは、目で見る色ではない。眉間のあたりに触れてくるようなものだ。

目の前の人物が偽名を使った場合、色は見えない——もしくは、ひどく揺らいだ感覚を受けるから、すぐにそれが偽名だとわかる。

そしてまた、これがどういう理屈なのかは未だ判然としないのだが、本人を前にしなくても、名簿などで写真と名前を確認するだけで、不明瞭ながらも色を感じることができる。

〝名は体《たい》を表す〟というが、人はどうやっても、自分の名前からは逃れられないものなのかもしれない。

毎日のように同じ名前で呼ばれ、自分でも名乗ったり書いたりしているうちに、その影響は人格にまでおよび、一個の人間を形成する柱のひとつになる。それを色として捉えるのではないかと、基紀は解釈している。

いままで知りあった人の数のぶんだけ、様々な色を見てきたが、ユリウスに出会って、初めて純白を見た。色が人の個性を表すものだとするなら、白は無個性であり——あり得ないはずだと思っていた。本当に天使のように穢《けが》れない心の人間がいるなら、別だが。

なのに、ユリウスに白を感じたのは、なんの先入観もなくユリウスという人間を知りたかったからではないかと、基紀は思っている。

そうして、中欧の国からやってきた公爵の、身分を知り、矜持《きょうじ》を知り、過去を知り、悲哀を知り、基紀の恋ははじまったのだ。

それでもユリウスの純白が、変わることはなかった。

だから基紀は、勝手にそれを初恋の色だと思っている。

この色を穢したくない。

基紀だけが感じることのできるユリウスの美しい純白を、歪《ゆが》めてしまいたくない。

そんな思いを込めて口づけを交わし、唾液の絡まる淫蕩《いんとう》な音の中、ゆるゆると自分のうちを掻き回すものの存在感をゆっくりと味わう。そのあいだも、ユリウスの悪戯《いたずら》な指先は、基紀の両の乳首を摘《つま》んでは、転がしたり潰したりして、遊んでいる。

激しいときのユリウスも好きだ。だが、こうして貴族の余裕たっぷりに、基紀の反応をうかがいながら、丁寧な愛撫をしてくれるときのユリウスは、もっと好きかもしれない。

「ん、ああ……」

鼻から抜けていく吐息の甘ったるさが、少しばかり恥ずかしいけれど、いまはそれすら嬉しいと、大人の技巧にたっぷりと溺《おぼ》れ、身をまかせる。

「あんっ……そ、そこっ……」

必死に唇を嚙みしめながら白い喉をのけ反らせ、ぷっちりと色づく乳首ごと薄い胸を上下させて、耐えきれないとばかりに腰を蠢《うごめ》かせる。

「ふふ……。この細腰で、よくも私の欲情を受け止められるものだ」

そう言われても不思議はないほど、体格差は歴然としている。

がっしりとした骨格と、強靭な筋肉で形作られた、ユリウスの身体のどこにも、無駄なものはない。実戦のためだけに鍛え上げられた、しなやかで逞しい、野生の獣にも似た見事な肢体。

肌に残るいくつもの傷跡さえも、勲章のように輝かせている。

同性であろうと、思わず見惚れるほどに、完璧な戦士だ。

それに引き替え、基紀は平均的日本人より、もしかしたら細いかもしれない。身長は一七〇ほどはあるが、それにしては体重が軽い。

薄い胸板にも、二の腕にも、太腿にも、余分な脂肪がないから、一見、筋肉質に見えないことはないのだが、逞しいとはお世辞にも言えない。それも食が細いからという現実的な理由からでしかない。

「きみの身体は、私に合わせて作られたものなのだろう。そうでなければ、こんなに違う体格で、これほどに相性がいいはずがない」

ぐん、と基紀の身体を二つ折りにする勢いで、いっそう強く最奥《さいおう》を抉《えぐ》られて、痺れるほどの快感に、眼裏《まなうら》がまっ赤に染まる。

「……ひ……！」

あまりの衝撃で、喉奥がひりついて、悲鳴さえも掠れる。

「ふっ……。わかるか？　どんなにあさましく、きみが私を咥《くわ》え込んでいるか」

窄《すぼ》んだりたわんだりして、ぐちゅぐちゅと断続的な水音を立てているのは、何度も放たれた精だとわかっているが、なんだか粗相《そそう》でもしたように感じられて、みっともなさに泣きたくなる。

肩に担がれたままの両脚が、びくびくと震えるさまが、生理的な涙の膜越しに、ひどく不格好に見える。

「あっ、ああっ……！」

速まるユリウスの律動に合わせ、胸の中、どくどくと高鳴っていくばかりの鼓動に煽られて、切なく漏れる喘ぎをもうこらえることもできず、基紀は勝手にしろとばかりに解き放つ。

「いっ、いんっ…！　そこっ、あうぅ……！」

膝が胸につくほど高く腰を抱え上げられ、そこに、ほとんど上から突き刺すようにユリウスの熱塊《ねっかい》が入り込んでくるのが、わかる。

「あうっ……、やっ……んんっ――…！」

柔襞《やわひだ》が裂けるかと思うほど乱暴に掻き回され、内臓が迫り上がるほど強く穿たれ、本能的な恐怖に、勝手に腰が逃げを打つ。だが、力強い両手で押さえられた下肢は、びくともしない。

「おや、いま私をいやがったね。こんなに深く繋がっている相手を邪険にするとは……」

そのくせ、逃げようとした気配だけは悟られてしまったようで、きっとお仕置きを食らうだろうと、基紀は緊張に息を呑む。

さらに激しく、さらに乱暴に、それが暴れ回る瞬間を、恐怖半分、期待半分で待っていたのに、意外やユリウスは逆の手に出た。

身のうちをいっぱいに圧していたものが、焦らすように引いていく感触に、基紀の喉がひくりと引きつった。

「お望みどおり、緩めてあげたよ。私は優しいからね」

亀頭部が抜けるギリギリのところでとどまって、狭い入り口を広げるように、ゆるりと腰を回されれば、柔襞の隙間から漏れていく体液が尻をたどっていく感触までがわかってしまって、基紀はカッと肌を染める。

上等なリネンのシーツがどんな状態になっているか、考えるのもいやだ。

その後始末をするのは、顔見知りのルーム係なのかと思えば、頭が羞恥に煮えくり返る。

基紀の動揺とは裏腹に、放ったらかしにされたままの内部は、寂しさにうねっている。

奥を突いてと、いっぱいにしてと、全身が求めている。意地悪な性器を咥えた部分は、必死にそれを吸い込もうと、貪欲な伸縮を繰り返す。

「あ、やっ……もっと奥にっ……」

ちゅぷちゅぷと淫らな音が耳を突くのは、ユリウスが動くからではない。もっと中に欲しいと望む基紀の粘膜の、あさましいばかりの蠕動《ぜんどう》のせいなのだ。

「おやおや、逃げようとしたのは、きみだよ」

「だって……欲しい……」

懇願の瞳ですがれば、どこまでもすらっとぼけるユリウスの楽しげな笑みが、涙にぼやけて映る。満たされぬ思いに身を捩《よじ》る基紀を、どこかからかうように見下ろしている。

「なにが欲しい？」

返ってくる問いは、それにもまして意地悪だ。

いつもそう。こうやって基紀を焦らしては、貪欲な欲望を吐露《とろ》させようとするのだ。

欲しいと、もっと中を突いてと、ぐちゃぐちゃにしてと、淫らな言葉の数々を無理やりにでも言わせようとする。先端だけ入り込んでいるものが、ぎゅっと窄まった粘膜を刺激するが、それだけで足りるはずもない。

「は、あんっ……。も、もっとぉ……」

一刻も早く中をいっぱいにしてほしい、と揺らめく腰が止まらなくなっているのに、ユリウスはそんな基紀の媚態《びたい》を眺めながら満足そうに笑む。

「おねだりの声も可愛いね、では、望みどおりにしてあげよう」

今度こそ最奥を突かれるかと思った瞬間、唐突に降り落ちてきたユリウスの金髪が、基紀の喉をくすぐった。同時に、右の胸元に、ちりっと痛いほどの痺れを感じて、基紀は漏れそうになる喘ぎを、無駄でしかないと知りながら必死にこらえようとする。

男には必要のない小さな乳首に、ユリウスが口づけたのだ。

基紀はそこを愛撫されるのが、ひどく弱い。ただでさえ、ふた粒の突起は散々に弄《いじ》られているから、舌で転がされるだけで、とろけるような甘い疼《うず》きをもたらしてくる。

両胸にあるそれらは、どういう回路で繋がっているのかは知らないが、刺激されるたびに寂しくなった内部までもじんじんと疼かせるのだ。

上目遣いで基紀をうかがいながら、赤い舌先でちろちろと尖りを嘗《な》めるユリウスの淫猥なさまが、直截《ちょくさい》な刺激よりも基紀の欲情を煽っていく。

「ああ……」

うっとりと恋人の姿に魅入《みい》られたとたん、最奥にずんと鋭い突きを食らって、基紀は大きく胸を喘がせる。おかげで、乳首を食《は》んでいる男に、もっとと求めるような仕草になってしまう。

もちろんそれには、たっぷりのお返しが用意されている。

中を穿ちながら、乳首をこりこりと甘噛みされて、のけ反ったままの喉から、ひゅっと掠れた吐息が漏れる。

感じやすい場所を同時に愛撫されて、じわじわと高まっていく恍惚感がたまらない。

「ふふ……。こうされるのがそんなに好きか？」

悪戯の合間にハスキーな声で問われれば、それすら鼓膜をくすぐる刺激になって、基紀は夢中で首を縦に振る。

「す、好きっ……」

「どっちが、胸が？　それとも中？」

「ど、どっちも……大好きっ……。だから、もっと……」

「こんなに奥を突かれるのが好きとは……私の花嫁はなんていやらしいんだ」

からかうように言いながら、ユリウスは基紀の両脚を高々と自らの肩に担ぎ上げると、上体をぐんぐんと前のめりに倒して、徐々に抽送《ちゅうそう》を速めていく。

すさまじい圧迫感が、下腹部を満たしては引いて、鮮烈《せんれつ》なまでの刺激を生み出していく。

二度の吐精でたっぷりと潤おったその場所は、濡れた音を立てながら、ユリウスの逞しい一物《いちもつ》が与えてくれる官能を、嬉々として味わっている。

「さあ、ちゃんと見るがいい。私のものが出入りしているようすを」

意地悪な揶揄《やゆ》に視線を下げれば、高く浮き上がった尻に打ち込まれる楔《くさび》が見え隠れするさまが、否応なしにわかってしまう。

（ああ……、あんなに太いものを……）

まっ赤に火照って、やわらいで、ユリウスの逞しい性器を、咥え込んでいる。

「ふふ……すごいな。こうして押し込むと、窄まりが深く中へとめり込んで、引き抜くと、柔襞ごと私のものに絡んでくる」

「や、やだ……言わないでっ……！」

「なぜ？　本当のことだ。人間の身体というのは、実に柔軟にできているものだな。こんなに熱くとろけて、私を受け入れる。――これでは、食べているのは私ではなく、きみのほうだな」

くちゃくちゃと、本当になにかを咀嚼《そしゃく》するような音が、ユリウスの抽送に合わせて、交合部から湧き上がって、優美なシークレットフロアを淫らな饗宴《きょうえん》の場に変えていく。

それが恥ずかしい。こんな美しい場所で、上等なベッドを溢れる体液で汚しながら、淫らな行為に耽溺《たんでき》する――恥ずかしくてしょうがないのに、それ以上に気持ちがいい。

男の情動を漲《みなぎ》らせた熱塊の、切っ先や太い幹は、基紀の狭隘《きょうあい》な内部を押し広げながら、敏感な粘膜を擦って、抉って、突いて、すさまじい快感を生み出していく。

官能の煌《きら》めきは、火照った肌に散って、前後動に合わせてこぼれ落ちてくるユリウスの汗の一滴にさえ敏感に反応して、産毛をさざめかせる。

「……く……んっ、や、ああっ……」

そのたびごとに甘ったるく響く嗚咽《おえつ》が、自分が発しているものかと思えば、羞恥は増すばかりで、基紀は手の甲に唇を押し当てて、漏れそうになる声を耐える。

こんなときの基紀の仕草が——その媚態の数々が、ユリウスにとって最高の刺激になる。

恥じらいに染まった肌も、両手で必死に顔を隠そうとする仕草も、おろおろとさまよう視線の心許なさも——どれも自信家ぞろいのウォルフヴァルトでは、なかなかお目にかかれない奥ゆかしさだ。

「大和撫子《やまとなでしこ》というのだろうか。恥じらえば恥じらうほどに、私はむしろ乱してやりたくなる。きみは本当に私をそそるのが巧《うま》い」

「そそるって……俺、そんな……あ？　ああっ——……!?」

誤魔化《ごまか》すんじゃないよ、とユリウスはお仕置きの意味を込めて、さらに律動を激しくする。

「……く……あぁぁ……」

日本人的な奥ゆかしさと言えば聞こえはいいが、ようは乱れ悶《もだ》える自分がどうにも恥ずかしくてしょうがないというだけのことで、基紀は知らずに手首に歯を立てていた。

「こら、噛んではいけないよ。傷になるから」

優しく言って、ユリウスは基紀の両手をひとつにまとめて、頭の上に押さえ込む。もちろん、言うほどご親切な気持ちからではない。口を塞ぐ術を失った基紀が、さらなる羞恥に乱れる姿を楽しむためだ。

だが、基紀からしてみれば、こんなに完璧な男の前に、自分のような貧弱な身体をさらすのは、決して楽しいことではない。

「ああ、きみは美しい。本当にどこもかしこも……」

ユリウスの言葉にうそがないことは、内部を穿つものが、さらに質量を増したことでわかる。

とはいえ、平均的日本人の自分に、美しいという形容はあまりに褒めすぎだ。それはきっと恋人の欲目なのだろう。つまりは、アバタもエクボとやらではないか、と思ったとたん、それこそまさに自惚《うぬぼ》れ以外のなにものでもない、と基紀は肌を粟立《あわだ》たせる。

(やだ俺、目が眩《くら》むほど、ユリウスが愛してくれると思ってるわけ……)

そうやっておろおろと自問自答している、青くなったり赤くなったりの反応が、あまりに可愛すぎて、ユリウスを煽っていることなど、恋心にうとい基紀は気づきもしない。

「え、ええっ……?」

ただ速まるばかりの律動に目を瞬かせながら、追い上げられていくだけ。

ぱんぱん、と肉のぶつかる音を響かせながら最奥を抉られて、あまりに鋭い衝撃に、陸に打ち上げられた魚のように、大きく背をたわませて、喉をのけ反らせる。

「ひ、ああっ――……?」

ますます複雑に蠢く熱塊が、ちかちかと明滅《めいめつ》する光のような刺激を、絶え間なく送り込んでくる。まるで緩い電流でも流されたかのように、基紀の身体がシーツの海で跳ねる。

「やっ……で、出っ……、くうっ――……!」

あまりに激しく揺さぶられて、全身を快感の波頭になぶられて、声すら嗄《か》れる。嗚咽紛れの言葉は、もうろくに意味もなさず、ただ優雅な部屋に散らばっていくだけだ。

「あ、あっ……、ダメ、もうっ……」

この瞬間がこなければいいのに、と思う。

永遠にユリウスと繋がったまま、甘怠い官能の海に漂っていられたらと。

だが、どれほど熱い交わりにも、かならず終わりはくる。その寸前に、夢幻《むげん》のごとき快感の高処に誘ってくれはするが。

疾走する心臓は、すさまじい勢いで血液を送り出している。体内を駆け巡る血流が、耳奥にごうごうと響いて、うるさいばかりだ。

それを促進させているのは、ユリウスの抽送にほかならず。

そしてまた、ユリウスをその暴挙に走らせるのは、基紀のあられもない姿なのだ。

どちらも同じほどに溺れながら、煽られながら、官能の階《きざはし》を駆け上がっていくだけ。

ぐらぐらと視界がぶれるほどに大きく揺さぶられて、もうユリウスにしがみついていることしかできなくなる。逞しい背に爪を立て、必死にすがりつく。

「んんっ、あっ、そこ、いいっ――…！」

涙の膜越しに、汗を弾かせながら腰を使い続けるユリウスの、こんなときでも決して淀むことのない純白が見える。

美しい、美しい男。唯一無二の恋人。

忙しくなるばかりの呼吸や、激しく脈打つ鼓動に、絶頂が近いことが知れて、基紀は夢中でユリウスの頭を掻き抱く。

なにか……もっとなにか、自分もユリウスに求めているいると示したいのに、両脚を浮かせたままの体勢では動くこともままならず、力強くなるばかりの律動をせめて少しも逃さず味わおうと、腰をぎゅっと絞って受け止める。

二人の身体に挟まれて、散々に押し潰されていた基紀の性器もまた、限界まで漲って、絶頂間際の痙攣《けいれん》にひくひくと身悶えている。

「……ひっ……！　……ッ……、ああっ、な、中っ……」

すさまじく長く濃厚な絶頂の果てに、待ち望んだ熱い飛沫が叩きつけられた瞬間、その熱さに、その激しさに、身のうちが狂喜乱舞《きょうきらんぶ》して打ち震えたような気がした。

「あっ、イクッ……イッちゃう……あっ、ああーっ……！」

すでに快感を貪るだけの器と成り果てた基紀は、全身を甘く包む官能の海に溺れながら、羞恥も理性も吹き飛ばし、長く尾を引く嬌声《きょうせい》とともに熱い精をほとばしらせた。

ぴったりと重なった身体のあわいに広がっていく濡れた感覚に、おずおずとそちらをうかがえば、まだ少しも痙攣の治まらぬ先端から、しとどに溢れていく蜜がユリウスの腹に散っていくのが見える。

基紀自身の中もまた、飢えを満たそうとでもするかのように、注ぎ込まれた体液の最後の一滴

まで味わおうと、淫らな蠕動を続けている。

「あっ、ああ……ユリウス……」

ぶるぶる、と下半身を震わせながら、愛おしい名前を呼んでは、柔らかなハニーブロンドを夢中で掻き回す。

これが日本での最後の夜——明日からは、違う自分になる。

この胸に生まれた切ないほどに愛しい想いを、決して失いはしない。

「ああ……、ユリウス……」

とろけるような痙攣に身悶えながら、愛しい男の髪が指のあいだを滑っていく、心地よい感触を味わっていたときだった。

「そうだ。あんまり夢中になって、忘れていたが……もうひとつ大事な話があるんだ」

ユリウスは基紀の耳朶に口づけながら、ふと思い出したように呟いた。

「え……?」

後戯に浸るどころか、味わったばかりの絶頂に弾んだままの息すら整っていない。

まだ快感冷めやらぬ状態で、満足に話などできるはずはない。どうせろくでもないことだ。

忘れていたなんていうのも、うそだ。理性のかけらすらないほど、とろけた状態のいまなら、どんな無理難題にでもうなずくとわかっているから、言い出したに決まっている。

「な、なに……?」

「あくまで提案なのだが、改名する気はないかい？」

「……かいめい……？」

断続的な疼きの中で、基紀は言葉の意味をとりかねて、細い眉を寄せる。

「名前を変える気はないか、という意味だ」

「えーと、それって……苗字を、ヴァイスクロイツェンにってこと？」

「そうじゃない。下の名前をだ。基紀の字を変える気はないか？」

「え？」

考えてもいなかった提案に、基紀は目を瞬いた。

プロポーズされたのだから、苗字のほうがヴァイスクロイツェンに変わるのならわかるのだが、まさか名前のほうを変えろと言われるとは思っていなかった。

「なんで？」

こんなときにする話ではないとはわかっているが、どんな意図かと、ついつい興味が向く。

「きみも知っているだろう。我らは秘密の名前を持っている。両親が名付け、伴侶にしか教えない魂《たましい》の名前だ。――そうやって真の名を隠すことが、身を守ることに繋がると信じている。だが、きみにはそれがない。とはいえ、名が体を表すならば、いまから即席でつけたところで、その名に守護の意味が与えられるとは思えない」

「うん」

「だから、名の音は変えずに、字だけを変えたらどうかと思うんだ。口にするだけなら、いままでどおり、なんら変わるわけじゃない。だが、本名を隠すことはできる。表音文字と表意文字を併《あわ》せ持つ日本語だからこそ可能な、仮名だ」

穏やかな愛撫の中で、実はかなり真剣な話を、ユリウスは微笑みながら紡《つむ》ぐ。

「ウォルフヴァルトは、きみにとって、もしかしたら危険な場所かもしれない。世迷い事をと思うだろうが、きみが本名を伏せてくれれば、私が安心できるのだ」

不思議な国——現実よりよほど魔術に近いような、中世の迷信が息づいている国。

ユリウスにも、ふたつの魂の名がある。リヒターとフリューゲン。

基紀にしてみれば、本名を伏せるというそれだけのことで、危険を回避できるとは思えないのだが、それでもユリウスが望むなら、そうしてもいいと思える。

新しい国、新しい仕事、新しい住まいで生きていくなら、いっそ名前も新しくしたほうがいいのかもしれない。

基紀の『紀』の字は、父親の名からとった一文字だ。兄の名も良紀《よしき》だから、父親のこだわりなのだろう。息子に自分の名前の一文字をつける——それは本当に情からなのだろうか、と基紀はずっと考えてきた。

兄が就職さきについて悩んでいたときには、あれこれとアドバイスをしてやっていたが、基紀が公務員を選んだときは、そうか、とうつむいたまま呟いただけだった。視線さえ合わせようとしなかった。基紀の奇妙な力は、堅実にこつこつと生きてきただけの男には、さぞや理解不能だったのだろう。

誰よりも基紀の力を恐れていたのは、あの父だったのかもしれない。

家族の中でただ一人、いつもよそよそしくあつかわれていた理由もわかるから、それを恨むわけではないが、基紀のほうにも家族に対する情は育たなかった。

「――そうだね。心機一転という意味でも、名前を変えるというのはありかもしれない」

おかげで、日本を離れることに迷いがないし、自分の名に対するこだわりもない。

(俺もじゅうぶん情が薄いよな……。同性に恋しても、家族に対する後ろめたさは、少しもないんだから)

家族だけでなく、友人にも、彼女にも、誰にも愛情を向けられなかった。見知った者であればあるほど、その顔を注視するのが怖かった。

ひたすら、目を伏せてすごしてきた二十四年――その果てに、ようやくこうしてまっすぐに見つめられる相手と出会えた。

基紀だけが感じる純白に包まれながら、肌を合わせ、口づけ、視線を絡ませることができる。

一生、手に入れることなどできないと思っていた、奇跡の恋人。

「むろん、こちらの戸籍はそのままにしておいてかまわない。あちらでは仮名を使う――それでこそ本名が隠せるのだから」

「でも、どんな字に？」

「私の好きな漢字だ。樹木の『樹《じゅ》』で『基樹《もとき》』はどうだろう？」

「基樹……、栗原基樹ね。ふうん。一文字違うだけで、なんだか生き生きしたというか、華やかな雰囲気になるね。いいかも、それ」

「きみは、自分の色も見えるんだったね。漢字を変えることで、色まで変わるだろうか？」

「うーん、どうだろう？」

試しに、サイドテーブルの上に置かれている、ホテルのメモ帳に『栗原基樹』と書いてみた。

名前と顔さえわかれば、写真を見ただけでも人の色を感じることができるくらいで、自分の場合はもっと簡単だ。鏡に顔を映せばいいだけだ。

幼いころからずっと鏡の中に見続けてきた色は、若草色だ。

いやな色ではないが、自信のなさを反映してか、ひどく薄い印象がある。兄がやはり緑系だが、鮮やかな新緑の色なので、これはもう性格の差と思うしかない。

メモに書いた名前を見ながら、窓のほうへと視線を巡らせれば、夜空を背景に鏡となったガラスに自分の姿が映っている。

眉間のあたりに、視覚で見える色とは明らかに違う、共感覚で受け止めた色が浮かぶ。

「あれ？　ぜんぜん変わらないや。いつもと同じ若草色だ」

普通なら両親がつけてくれた名前を変えると、微妙な揺らぎがおきるものなのだが、むしろ常より明確に感じられる気がする。

（ユリウスがつけてくれたからなのかな？）

ユリウスの好きな文字を名前に戴いて、針葉樹の森に囲まれたユリウスの国に行く――それが運命のような気がしてくる。

「うん。なんかいい感じだ。音で聞くだけなら同じだし。けど、自分で書くときに間違えないように、練習しておかないと」

「いいのかい、本当に？」

「だって、ウォルフヴァルトの伝統でしょう。僕は、あちらのことは知らないんだから、ユリウスにまかせるよ」

「ありがとう。それだけで、私も少しは安心できる。――それにしても、なんだか私は、勝手ばかり言っているな」

「そんなの、いまにはじまったことじゃないよ」

「まあ、いきなりのプロポーズからだったからね」

「それより問題なのは、最初が強姦だったことじゃない？」

「さて……そうだったかな？　きみが、最初から感じやすかったことは、覚えているが」

くすり、と含み笑いをしながら、ユリウスはゆるりと腰を蠢かす。

中にはまだ、放出してもなお萎《な》える気配のないものが残っていて、絶頂の余韻を残した粘膜をじんわりと刺激しはじめている。

「あんっ……、ダメだって……」

「さあ、どうだろう。きみの『ダメ』は、『イイ』だから」

そうして、まだまだ満足しそうもないユリウスは、再び前後動をはじめたのだ。

「愛してるよ。いつか、私に向けられる嫉妬《しっと》や憎悪がなくなる日にこそ、堂々ときみを伴侶だと公表しよう」

ただただ甘い睦言を――夢のような希望を、囁きながら。

だが、そのいつかは、そう簡単にはこないだろう。

「う、うん……。そうだね、いつか……」

どれほどユリウスが心を入れ替えて、寛大になろうとも、それでも公爵という地位にある以上、嫉妬や羨望《せんぼう》の目が消えることはない。

哀しいことに世の中には、恵まれた立場にいる人間を、無条件で運がいいだけと断定し、自らの不運を押しつけるかのように、勝手に恨む人間がいるものなのだ。

「でも、そんな将来のことを考えるより、僕はまず仕事を覚えないと。少しはユリウスの役に立ちたいから」

企業経営についてはなんの知識もないが、いまからでも簿記の勉強くらいはできる。数学は得意科目だったから、会計士の資格にチャレンジするのもいいかもしれない。

「嬉しいよ、そう言ってもらえると。でも、きみはそばにいてくれるだけでも、じゅうぶん私の力になってくれているんだよ。それを忘れないでくれ」

「ん……」

見知らぬ地での生活に、不安がないはずはない。

もうずっと、判で押したような無難な日々を送ってきた身にとって、なにもかもが初めてという状況が、恐ろしくないわけがない。

だが、そこにどんな驚愕が待っていようとも、想像もできない運命が用意されていようとも、そばにはユリウスがいる。

なにを引き替えにしても失いたくない人がいる。

だから、どれほど不安でも、足を踏み出すことができる。前へ、前へと。

——これが、唯一無二の恋だから。

2

そしていま、『栗原基紀』改め『栗原基樹』二十四歳は、表向きはユリウスのビジネスパートナーとして、でも、本当は生涯の伴侶として生きるために、雪深い冬のウォルフヴァルト大公国に最初の一歩を刻もうとしている。

新たな名前、新たな国、新たな住居、新たな仕事――なにもかもを一新して、栗原基樹としての人生がはじまる。この中欧の小国で。

人口十万に満たない、世界で五番目に小さな国。

ヴァイスエーデルシュタイン公爵家のグスタフ大公を長として戴き、貴族や騎士という言葉をはじめとする中世の伝統や習慣が、いまも脈々と息づいている国。

獲物を追って、豊かな実りを求めて、南下した巨大な民族のうねり――その一部が、エルベ川支流を挟むこの地に根づいたのは、いまを遡ること千五百年の昔といわれる。

深い針葉樹の森と、険しい渓谷《けいこく》以外は、ろくに農地すらない場所で生きていくために、人々は傭兵《ようへい》として他国に出兵することを生業としていた。だが、恐れを知らぬその荒ぶる気性ゆえに、かえって狼《ウォルフ》の忌み名で呼ばれ、常に強大な周辺諸国に脅かされることとなる。

立憲君主国として独立したのは、ベルリンの壁崩壊後。それまでは東ドイツの一州でしかなかった。一国として存在していた年月より、他国に併合されていた時代のほうが遙かに長い。

それでも、民の心はウォルフヴァルトから離れない。

中世にあっては傭兵として他国で一生を終えた者も、近世となり共産主義の頸木《くびき》に捕らわれるのをよしとせず亡命生活を送っていた者も、常に祖国へ帰ることを希求《ききゅう》していた。

国籍はウォルフヴァルトに置いたまま、遠い異国で仕事に就《つ》き、そのまま住みついてしまった海外在住の民は、二十万ともいわれている。

本国より海外在住者のほうが多いという逆転現象がおこってしまったいま、一度もウォルフヴァルトの地を踏んでいない——このさきも踏むことはないだろう世代が存在する。

だが、子供でさえも、幼いころから寝物語に聞かされた、お伽話に出てくるような中世の街へと心躍らせ、そしてなによりも、自分の胸の中に確かに存在する荒ぶる魂を感じるたびに、まだ見ぬ故郷への郷愁を深めるのだ。

そこは、自分が自分でいられる、唯一の場所だと。

そして今日からは基樹もまた、その一人になるのだと覚悟を決めている。

「うわ……。寒いっ……！」

ウォルフヴァルトには飛行場がない。日本からドイツのドレスデンまで、フランクフルト経由で十三時間ほど。そこから自家用ヘリに乗り替えるのだが、あまりの寒さに飛行機を降りたとたん、慌てて毛皮のコートの襟を立てた。さすがに緯度が高いのだと実感する。

ヴォルフヴァルトまでは、ヘリで二時間ほど。EUに加盟しているから、国境越えの手続きはいらないとのこと。

まだ十一月だというのに、山間部に向かうにつれて、眼下には雪景色が広がっていく。ところどころに建つ古城以外は、森も畑も街も白一色に覆われる中、ようやく見えてきた目的地に、心が躍る。

「あれが、私の城、Lohental《ローエンタール》だ」

ヘリから見下ろすと、それは雪深い針葉樹の森の中に、巨大な岩盤から迫り上がったような強固な隔壁に守られて、街を見下ろすように建っていた。

「我らが亡命生活をしていたあいだ、すっかり打ち捨てられていたものを、私が修築したのだ。祖先が残したもっとも貴重な遺産だ」

「すごいね。本当に古城なんだ」

「いまはすっかり雪に埋もれているが、周囲は空堀に囲まれている。三重の城門と、そこに至る跳ね橋は、さすがに物々しすぎるので改築したが」

もともとは要塞《フェステ》として築かれたものとのことで、改築したというわりに、伝統を重んじるユリウスの性格を反映して、頑固なまでに中世そのままの外観が残されている。無駄な装飾はほとんど見うけられない、いかにも堅牢《けんろう》な石造りの城だ。

そのぶん優雅さには少々欠けるが、文化的価値はかなりなものだろうと、一目でわかる。

以前のままなら、跳ね橋を上げて三重の城門を閉ざせば、外から押し入る術のない守りの城だったのだろう。屋上を囲む縁の凹凸は単なる飾りではなく、弓や槍を射るための盾《たて》となるもので、林立する塔の窓も、防御のためにあえて小さく作られているとのこと。

（ここで、これから俺もユリウスのために戦うんだ）

武器ではなく、知恵を使って。

そして、基樹の持つ共感覚がなにかの力になればと、願う。

城の景観にすっかり見入っていた基樹に、そっとユリウスが囁きかけてくる。

「ついたら、さっそく結婚式に披露宴だ。表向きはきみの歓迎会だが、気心の知れた使用人や友人には、きみが特別な存在だと言ってある」

「え？　だ、だいじょうぶなの。絶対に秘密なのかと思ってた」

「もちろん厳選してる。きみに渡したファイルも、ふたつにわけてあっただろう」

基樹の手元には、青と緑の表紙の二種類のファイルがある。どちらも日本を発つときに、ユリウスから飛行機の中での暇潰しにと、渡されたものだ。

ユリウスの親族や友人、ローエンタール城の使用人達の名簿だが、青のほうが妙に分厚く、千人分くらいはあるとかで、受けとった瞬間にずっしりと重みを感じた。

そちらはおいおいでいいから、ともかく薄いほうをウォルフヴァルトにつくまでに覚えてほしいと言われた。薄いといっても、総勢で二百人ぶんほどはある。

これを全部覚えるのか？　と思ったら、日本からウォルフヴァルトへの十五時間におよぶフライトなどあまりに短すぎると、頭が痛くなった。それでも、人の名前と顔を覚えるのが特技と自負している以上、覚えられなければ基樹の男がすたる。

「で、覚えられたかい？」

ヘリのプロペラ音に紛らせながら、ユリウスが問いかけてくる。

「なんとか無理やり詰め込んだけど、もっと前に渡してくれればよかったのに」

「そんなことをしたら、真面目人間のきみは、私を放って、名簿に夢中になってしまうだろう。さすがに飛行機の中では悪戯もできないし、ちょうどいいと思ったんだよ」

ウインクなどしながら、軽口を叩いているが、なんとなくだが、基樹の能力を試しているような気がするし、それも当然だと思う。

こちらでの生活がはじまれば、基樹だって、日本にいたときのようにのんびりとはしていられない。ユリウスの求めに応じて、即座に対応できる能力が必要なのだ。

「覚えてもらった名簿のほうは、今夜招待した客と、もっとも信頼できる使用人のぶんだ。それ以外の者には、今日は休みをやった」

そういえば、と基樹は膝に置いた緑のファイルを開く。

「こっちは、亡命先でいっしょだった友人とか、長く仕えてくれてる使用人が多かったね」

「そう。どのみち日本に連れていったSP達は、私ときみの関係に気づいているのだから。こちらの家令の中でも信頼のおける者達には、むしろきみがどれほど大事な存在か、知っていてもらわないと。――ウォルフヴァルトは、日本のように安全な国ではない。もしものことがあったときには、身を挺《てい》してきみを守ってくれる者が必要だ」

「そんな、僕なんかのために……」

「その、『なんか』というのは、やめたまえ。きみを選んだ私に失礼だ」

「あ……ご、ごめんなさい」

気をつけてはいるのだが、やはり相手が公爵様だと思うと、必要以上にへりくだってしまう。自分でもちょっと卑屈《ひくつ》だと感じてはいるのだが、ついつい口から出てしまうのだ。

その上、こうしてローエンタール城を間近にすると、ユリウスは本当に公爵なのだという実感が湧いてくる。

城の裏手にあるヘリポートの周囲は、見慣れた黒ずくめのSP軍団が囲んでいる。

(ああ……、本当にユリウスとの生活がはじまるんだ!)

期待と緊張で胸を高鳴らせていた基樹だったが、長時間の空の旅を終えて、ヘリコプターから降り立ったとたん、ロマンティック気分を一瞬で吹き飛ばす、盛大なくしゃみをした。

「ふ、ふ、ふへっくしょん――……!」

寒い……、すさまじく寒い！　吸い込んだ外気のあまりの冷たさに、喉が詰まる。

息が白くなるなどという表現は生ぬるい。息ができないほどの寒さだ。基樹は毛皮のコートの襟を掻きあわせ、頭からフードをすっぽりと被《かぶ》る。

「大丈夫か、基樹？」

振り返ったユリウスが、ＳＰ達がいる中で、堂々と基樹の肩を抱き寄せる。普段なら、人前でユリウスに触れられると、羞恥で身体が火照ってくるのに、さすがにいまはそれどころではない。

「――まだ十一月なのに、これが普通？」

「ああ。だが、寒いのは外だけだ。寒冷地対策は完璧だから、城の中は春の暖かさだ。少し歩くが我慢してくれ。私に寄りかかっているといい」

「あの……、人目が……」

「今日、残っているのは信頼できる者だけだから、安心するがいい。少なくとも明日の朝までは、新婚気分丸出しでいても、見て見ぬふりをしてくれる」

「そ、そういう問題じゃなくて……」

たとえ二人の関係を知られていようが、人前でイチャつく趣味は、基樹にはない。

「そう照れるな。傍から見れば、こちらの冬に慣れない日本人を暖めてやっているようにしか見えはしない」

「た、確かにすさまじく寒いけど……」

「これ以上、寒くはならない。ただ三月の初めまでこの状態が続くというだけだ」

「三月まで、これが……？」

四カ月もこの状態が続くとは、さすがにすさまじい。

震えていてもしょうがないと、玄関へと続く少々でなく長いアプローチを、上空から見たとき以上に雄大なローエンタール城の偉観《いかん》に魅入られながら歩く。

「天気さえよければ、冬でも街が一望にできるのだが、今日はあまり視界がよくないな」

「街って首都だよね。クラインベルグだっけ？」

「そうだ。その名のとおり『小さな山』というほど、渓谷の中の小さな首都だが、奇跡的に戦禍《せんか》をまぬかれたから、中世の街並みがそのまま残っている。時間ができたら、案内しよう」

「うん。ここはずいぶん山の上のほうなんだね」

「そう。こちらでは、身分によって居住する地区が違う。王家の居城は、四方の山頂近くにある。もっとも高い位置にあるのは、当然だが現グスタフ大公の城だ。その下に四王子の城。山腹から裾野にかけて貴族の館が並び、谷間を縫って築かれた街には一般市民が住む」

「それって、身分が下の者は、低い場所にしか住めないってこと？」

「いや、一般市民はどこに住んでもいいのだ。林業を生業にしている者もいるからな。むしろ、貴族は低い場所には住めないのだ。ウォルフヴァルトには貴族税がある。それは、居住している場所の高さに比例する累進課税なのだ」

「高さに比例するって……。あれ？　それじゃあ山頂に住んでる大公は、いちばん高額な税金を払っているわけ？」

「そういうことだ」

王室だからといって、国家が経費を出していると思ったら大間違いだ。逆に、いまもって国家のほうが、大公家に借金をし続けている。大公家の財は、そのまま国庫に流れ込んでいるといっても過言ではないのだ。

「えーと、でも、お金のない貴族だっているよね、中には」

「そうだな。実際、他国に併合されていたあいだに、没落《ぼつらく》した貴族は少なくない。そういった場合、爵位を返上することになる。文字どおり、国のためにどれだけの金を出せるかが、貴族の価値なのだ。税金だけでなく、福祉に貢献する義務もある。よほどの資産家でなければ、貴族としての面目を保つことができないのだよ、この国では」

ヨーロッパ各国にも、貴族という名称を残している国は少なくないが、民主主義のこの時代に、特権などそうはあるはずもなく、名ばかりといったところだろう。

だが、ウォルフヴァルトでは、特権もあるが、それ以上に重い責務がある。どれほど理不尽であろうが、それを果たさなければ、爵位は剝奪《はくだつ》される。役立たずの貴族を飼っておくほどの余裕はない、ということなのだろう。

「いまは見えないが、街を挟んでちょうどこの城と対峙《たいじ》する位置に、フリードリヒ殿下の居城がある。第二王子と同じ位置に住んでいる以上、私も高額納税者だ。基樹は会計士の資格をとりたいと言っていたが、けっこうなことだ。税金の季節になると頭が痛くなるぞ」

「は、はあ……」

ユリウスが日本でジュエリー産業に進出しようとしたとき、フリードリヒは大公家が独占している市場への介入は許さないと、激怒した。

あのとき基樹は、ずいぶん理不尽なことを言うな、と思ったものだが、ウォルフヴァルトのために財を投げ打っている大公家だからの堂々の権利なのだと、ようやく納得ができた。

「いまのウォルフヴァルトがあるのは、グスタフ大公の英断ゆえだ。あの方が、資産家には相応の負担をしてもらう、とお決めになったのだから。独立後に叙爵《じょしゃく》された者のほとんどは、名のある実業家だよ」

「じゃあ、お金がなくても頑張った人はどうなるの？　独立に必要だったのは、お金だけじゃないよね。貧しくても必死に戦った人はいるよね」

「そういった場合、騎士《リッター》になるな。本人の功労に対して与えられる、一代限りの称号だ」

つまり、現在、騎士の称号を持つ者は、独立前後に国に尽くした功績によって、任命されたことになる。もちろん、貴族になるにふさわしい貢献をした者には、爵位が授けられるが、これは例外なく資産家なのだ。

「新興貴族は、どうしても爵位を金で買ったと思われがちだ。本来なら、もっともウォルフヴァルト再建に貢献しているのだが、先祖代々国に尽くしてきた貴族が没落していく一方で、実業家として成功した者達が叙爵されれば、面白くないと感じる者も出てくるだろう。そのあたりが、大公家に反発する派閥がいる理由だな」

「で、そういう連中が、ユリウスを推すんだ」

「ということになるな。ヴァイスクロイツェン家はもっとも古い歴史を持っている。古参《こさん》の貴族ほど我が公家を頼りにする」

こんなとき、ユリウスの胸中に、複雑な思いが満ちる。

もしもユリウスの父親が生きていれば、大公の座についたかもしれない。それだけの地位も、財産もあった。信服してくれる貴族も多かった。だが、現在までのウォルフヴァルトの発展を考えると、父が同じことを成し遂げられただろうかと、疑問が湧く。

グスタフ大公と、その四人の王子――彼らが築いたものを見るにつけ、無理だったかもしれないと思うことがある。ハインリヒ皇太子の慈愛、フリードリヒの猛勇、両極端な二人の王子が中心となって大公を支えたがゆえに、いまのウォルフヴァルトがあるのだ。

不遇をかこつ没落貴族達が、過去の栄光を求めてユリウスを持ち上げようとも、その先導をしてやる気になど毛頭なれない。すでにウォルフヴァルトは、ヴァイスエーデルシュタイン家のもとで進みはじめているのだから。

そんなユリウスの気持ちを慮《おもんぱか》って、基樹は笑顔で問いかける。

「――じゃあ、公爵でもあり騎士でもあるユリウスは、最高の功労者ってこと？」

「そのとおり。私がもっとも偉い」

「そうやって威張《いば》らなければ、もっと偉いんだけどね」

腕を組んで歩きながら笑いあっていると、ようやく城のファサードが見えてきた。

「あの像が戦いの守護聖人、聖ゲオルクだ。あの像があるかぎり、この城は落ちない」

正門前に立つ、剣と盾を持つ守護聖人の銅像や、重厚な馬蹄《ばてい》形の門扉《もんぴ》が、いかにも騎士の住まいたる威風を見せつけている。

「我が居城にようこそ」

ユリウスにうながされて、基樹はヴァイスクロイツェン家に、最初の一歩を踏み入れたのだ。

建物の中に入れば、確かにそこは春の暖かさだった。

十九世紀ごろの貴族社会を彷彿《ほうふつ》させるようなフロックコート姿の執事が、慇懃《いんぎん》な仕草でコートを脱がせてくれて、思わず、すみませんと頭を下げてしまい、ユリウスに苦笑される。

「きみは私の筆頭秘書となるのだ。いわば、この城で私に次ぐ立場の者——いちいち頭を下げて回っていては、皆が面食らう。Danke《ダンケ》だけでいい」

そう言って、執事のホフマンをはじめとした、主立った家令を紹介してくれた。

全員、薄いファイルにあった者達ばかりだから、すぐに顔も名前もわかる。

年配者が多いのは、スイスに亡命していた時代からの使用人だからで——それどころか、代々に渡って仕えてきた者達の子孫でもある。それは信頼もできようというものだ。

「皆に言っておく。基樹には、これから私の補佐役として働いてもらう。私の仕事には欠かせない男になることを、承知しておいてもらいたい。それから、しばらくは基樹に対しては日本語での対応を頼む」

「承知いたしました」

執事のホフマンが答えると、それを合図にその場にいた使用人のすべてが、基樹に向かって頭を下げた。さすがにユリウスにつき従ってきた者達だけのことはある。一糸乱れぬ対応を前にすると、それだけで身が引き締まってくるようだ。

「栗原基樹です。よろしくお願いします」

ついさっき忠告されたばかりなのに、ついつい深く頭を下げてしまうのだった。


その夜、ローエンタール城は、表向きは新たな秘書の——その実、ユリウスの伴侶であることは誰もが知っているのだが——歓迎会に沸いていた。

神父の前で誓ったりはできないが、招待客達を前にユリウスが基樹を紹介したときには、事実上の披露宴であると知っている者達が、基樹に向かって拍手を送ってくれた。

ヴァイスクロイツェン家の白い礼服を身にまとい、肩章や飾り紐《レニャード》、さらに公爵夫人の証《あかし》だという勲章までつけた正装姿で、ユリウスと並んで立って、親しい者達の祝福を受ける。

婚姻届が出せなかろうと、基樹にとってはじゅうぶんすぎるほど嬉しい結婚式であり、披露宴だった。ユリウスのほうも、信頼できる者だけの集まりだからと、遠慮もなく基樹の腰を抱いたり、手を握ったりする。それは嬉しい。嬉しいのだが……。

（こんなに幸せでいいのかな？）

最高の瞬間にも、心配性の虫が疼くのは、もうしかたがない。

いまが幸福なら幸福なほど、次にくる失望を予想しておく——そのほうが衝撃は少なくてすむから。などと不吉なことを考えていたせいか、広間の入り口のほうから、なにやらその場にそぐわない緊張感のあるざわめきが広がってきた。

「Konigliche《ケーニヒリッヒェ》 Hoheit《ホーハイト》, warten《ヴァーテン》 Sie《ズィー》 bitte《ビッテ》...!」

常に冷静なはずの執事ホフマンの、どこか焦《あせ》ったような『お待ちください！』との声が響き、その場にいた全員が振り返り、まるで道を空けるように、左右に後退った。

その中央をまっすぐに進んでくる男を見た瞬間、基樹はあまりに鮮やかなウルトラマリンの色に圧倒される。金髪碧眼《へきがん》の美貌を、ここぞとばかりに輝かせた男——フリードリヒ・フォン・ヴァイスエーデルシュタインである。

その背後に、ホフマンが困ったような顔で佇んでいる。王子相手では、どれほど職務に忠実な執事であろうと、追い返すことなどできるはずがない。

「どうした？　私にかまわず続けろ」

フリードリヒは周囲の焦りなど目にも入らぬようすで、基樹の手をとったまま驚愕に固まっているユリウスに、のうのうと告げてくる。

「……かまいます、ものすごく。どうして殿下がいらっしゃるのですか？」

「公爵の祝い事に、私が呼ばれぬはずがない。招待状を送り忘れたのであろう。ヴァイスクロイツェン家では、今日は使用人の休養日だと耳にしたし、栗原が到着するとの報告も得ていたし、さてはなにやら企《たくら》んでいるな、と気づいた私に感謝するがいい」

ゆるくウェーブのかかった金髪を背まで垂らし、金モールと勲章で飾られた正装姿で、周囲を威圧する男は、最上級の笑みを浮かべて、基樹に握手の手を差し伸べてきた。

「きみも元気そうでなによりだ、栗原。日本で出会ったときには、『その程度の男』などと失礼を言った。ヴァイスクロイツェン家の礼服姿は、そこそこ見られるではないか。というか、公家がその程度ということか」

だが、言葉にはたっぷりと毒が含まれていて、ここは冗談として笑い飛ばしたものだろうかと、基樹は冷や汗を流しながら迷う。

「ともあれ、来訪を歓迎する。もっとも、ウォルフヴァルトの冬は厳しい。音《ね》をあげぬようにな。いや、それ以前に、我が儘《まま》な主《あるじ》に失望するかもしれないが」

フリードリヒの言いざまに、我が儘と明言されたユリウスが、毒には毒で返礼する。

「基樹はこう見えて芯のしっかりした青年ですから、ご心配はご無用です。フリードリヒ・グラ

ーフ・フォン・ヴァイスエーデルシュタイン殿下」

瞬間、ぴきっとフリードリヒの笑みが固まる。

「ヴァイスクロイツェン公、いま、グラーフに力をこめたな」

「いけませんか？　公爵位と伯爵位をお持ちの大公家への尊敬を込めて、ヴァイスエーデルシュタイン伯とお呼びするのが、慣例では」

「それは兄が同席する場合だ。今日の私は大公家の名代。公爵《ヘルツォーク》と呼んでもらおう」

ヨーロッパで爵位といえば、家名にではなく、与えられた土地の名につく場合が多い。

たとえばイギリスの第一王位継承者が、プリンス・オブ・ウェールズと呼ばれるのは、ウェールズ地域を治める君主という意味だ。

だが、ウォルフヴァルトは小国ゆえに、王族や貴族に与える土地自体がないに等しい。ために、貴族の証を示すために、姓に爵位を冠するようになったといういきさつがある。

そして大公家は、公爵位と伯爵位を持つ。第一王子と第二王子が同席するさいには、第一王子が公爵を名乗り、第二王子が伯爵を名乗る――いわば、こんなに爵位を持ってますよという見せびらかしなのだ。

フリードリヒは、皇太子が同席する場では公爵の称号は兄に譲り自分は伯爵を名乗る、と臨機応変に使い分けているのだが、それを承知でユリウスは、伯爵呼ばわりを続けているわけだ。

以前、基樹はユリウスのために、フリードリヒの弱みを握ろうと、魂の名前を探ろうとしたことがあった。結局、ひとつはわかったものの、王子の秘密を探ること自体が不遜にすぎるからと、途中でやめてしまったが。

あのとき、フリードリヒは第二王子だから伯爵《グラーフ》を名前につけるようにと、ユリウスに言われたことを思い出す。どちらでもいいのなら実は公爵《ヘルツォーク》をつけたほうが、より本名に近かったのかもしれないと、試しに頭の中でふたとおりの呼び方を試してみた。

だが、大差はない。

肝心な魂の名前に不明な部分があるため、フリードリヒから感じる、すばらしく強烈なウルトラマリンの色は、その鮮やかさと対照的に、ゆらゆらと不安定に揺らめいて見える。

「本当だ。どちらでも同じなんだ……」

基樹の無意識の呟きを拾って、フリードリヒが「ん？」と怪訝《けげん》そうに眉を寄せる。

「なにが同じだと？」

「あ、いえ。独り言です……」

慌てて口を手で押さえたものの、フリードリヒの双眸が、なにかを探るように鋭さを増したような気がした。

「独り言ではなかろう。なにが同じだ？」

「あの……それは、公爵でも伯爵でも、殿下の尊厳に変わりはないという意味です」

フリードリヒは、基樹とユリウスを交互に見て、ふむ、と納得する。

「さすが日本人だな。腰が低いし、とっさの言い訳も巧いものだ。主《あるじ》の無礼と足して割ると、ちょうどよくなるぞ」

「私は主ではありません。基樹は大事なパートナーですから……仕事上の」

「ほう、仕事のか？　だが、あまりその仕事に夢中になりすぎると、公爵家が断絶するぞ。二大公爵家があってこそのウォルフヴァルトということを、忘れたか？」

「忘れはいたしません。ですが、大公家には、民に慕われる第二王子がおられる。そろそろお妃をお迎えになって、新たな公爵家として、独立なさってはいかがですか？」

「なに？」

あーあ、またはじまった、と基樹は顔を背け、こっそりとため息をつく。

大切な祝いの日に、わざわざイヤミ合戦をする——なるほど、ご立派な方々は心根が違う。

「ヴァイスエーデルシュタイン家の爵位のひとつとしての伯爵位ではなく、ご自分の功績で手に入れられた公爵位を、堂々と名乗られればよろしいのでは、殿下」

「そういうのを、よけいなお世話という、ヴァイスクロイツェン公」

ギン、と飛び散る青白い火花が見える気がするほど、フリードリヒのサファイアブルーの瞳と、ユリウスのピーコックグリーンの瞳が、睨《にら》みあう。

（この二人の相手するのはやめておこう……。なんか、喧嘩したくてやってるだけだし）

不毛なイヤミの応酬に呆れて、基樹はソソッとその場から逃げ出した。

ユリウスは三十二歳、フリードリヒは三十歳、年齢も近く、どちらも一歩も引かない外交手腕を武器に、堂々とこの小国の代表として海外で活躍している。

同族嫌悪というか、似た者同士だからこそいがみあう。プライド高き男達の意地という名の挨拶は、目立たず真面目に生きてきた基樹には、あまり得るところがない。

いろいろと慣れなければいけないとわかっているが、だが、それがお山の大将を競うだけの子供じみた言い争いとなれば、話は別。好き勝手にやってくれ、と思うだけだ。

それはユリウスの友人達も御同様らしく、苦笑を隠しもせずに数人が基樹をとり囲む。

「放っておけばいい。あの二人の口喧嘩は趣味だから」

「そうそう。ギムナジウムのころから、いやと言うほど見せられていた」

皆、基樹の記憶にしっかりと刻み込まれた顔だ。

「まったく同感です。ウイルヘルム・フォン・アイヒェンドルフ伯。スイスでの幼馴染みだとか。それから、そちらは『ＬＯＨＥＮ《ローエン》』のマーケティング部門のクリストフ・コンラード氏ですね。騎士《リッター》の位を受けられたそうで。お祝い申しあげます。これからはいろいろご指導ください」

十五時間のフライトで覚え込んだ、貴族達のやたらと長ったらしい名や、職業や出身地までも間違えもせずに挨拶をする基樹に、ほうー、と誰もが驚きの表情を見せる。

だが、基樹がそれ以上のものを見ていると知る者は、一人たりともいない。

貴族達のほとんどの名に、基樹は揺らめきを感じる。それは真の名を持っている証拠だ。

話には聞いていたが、中世から綿々と続く伝統を、頑固なまでに守っているのだと、こうして当人達を前にして、思い知らされる。

一方、騎士達は一般人が多いせいか、実に明確な色を感じる。

総付きの肩章や懸章で飾り立てている貴族達と比べると、黒を基調とした上着と白のトラウザーズという近衛《このえ》の制服は、地味ではあるが健全な印象を受ける。

そして、執事を筆頭とする家令達もまた、それに引けはとらないほど明瞭な色を発している。

両親を亡くし、幼くして公爵となったユリウスは、この人々に支えられてきたのだ。

そこに今夜、基樹が加わる。

誰よりも深い愛情で結ばれて、ここにある。

そうあらねばならない、生涯の伴侶と名乗るからには。

「栗原、逃げていないでこちらに来い」

そろそろ皮肉合戦に飽きたらしいフリードリヒに呼ばれて、基樹はユリウスの隣に戻る。

「楽しそうなお話でしたね。親友というより、戦友という感じですね」

「おまえもなかなか言うな。頭の回転はよさそうだ」

「お褒めの言葉、感謝いたします」

ふん、とフリードリヒは、基樹の胸に輝く勲章に目をやった。

「それは気に入ったか？　いまのところ、おまえはなんの功もあげていない。ユリウスのおこぼれだが、ないよりはましであろう」

「では……、もしかしてこの勲章は、殿下がくださったのですか？」

「大公家の者以外に、誰が勲章など授けられよう」

あっ、と基樹は息を吞み、隣に立つ男を睨《ね》めつけた。

ユリウスは開き直りの子供のように、ぷいっとそっぽを向いた。

（こ、この我が儘男！　勲章をくださった殿下を、お招きもしなかったのか⁉）

恩を仇《あだ》で返すようなことを、よくもしてくれたものだと、基樹はまっ青になって、フリードリヒに頭を下げる。これればかりは誰がなにを言おうが、謝らなければならない大失態だ。

それも、意図してというところが、よけいに始末に悪い。

「し、失礼いたしました！　ユリウス様の秘書として、確認を怠った僕のミスです。どうぞ、お許しください」

「顔を上げよ。今夜の主役が頭など下げてはならぬ」

フリードリヒの言葉に、基樹はおずおずと頭を上げる。

「ウォルフヴァルトは、本気でここで生きようとする者は誰であろうと歓迎する。栗原とやら、精一杯生きるがよい」

「……殿下……」

日本で会ったときには高飛車《たかびしゃ》な印象が強すぎて、苦手意識を持っていたが、実はこんなに寛大な方だったのかと、胸の奥が熱くなってくる。

「大人な対応だろう。そこの背とプライドばかり高い公爵と違って。これこそ王子の証ぞ」

だが、やはり自分で威張らなければもっと感激できるのにと思う、基樹だった。

それでも、ユリウスの伴侶の証の勲章を与えてくれたのはフリードリヒだ。そして、それを彼に願ったのはユリウスなのだろう。敵対しているように言われる二人だが、同じ目的のためには手を組むだけの度量がある。

二度と祖国を蹂躙《じゅうりん》させはしない。

自立した国としての矜持を持って生きていく。

子供らに、ウォルフヴァルト人であるという誇りある未来を用意する。

ここに集《つど》った者達は、たとえ世界中を敵に回すことになろうと、ウォルフヴァルト大公国のために命を懸けて、散っていくだろう覚悟を持っている。

(俺も頑張らないと！)

決意を新たにする、基樹だった。

そうやって、皆が歓迎の宴に沸いているころ、息すら凍りそうな夜の庭から、煌々《こうこう》と輝く広間を、双眼鏡を片手に、こっそりとうかがっている者がいた。

幸福の絶頂にいる、基樹とユリウスは、ついに気づきもしなかったが。

3

瞼を開けると、間近に見惚れるほど美しい男の、寝顔がある。

公爵でも騎士でも、基樹のそばで眠っているときは、無防備な姿を見せてくれるのが嬉しい。

完璧な執事ホフマンの仕事だろう。暖炉《だんろ》の火は一晩中絶やされることなく、部屋の中は常に暖かい。テーブルには新聞が置かれ、朝食の支度もしてある。朝は火を通さない料理というのが、こちらの習慣だ。ハムやコールドチキンやチーズの皿が並び、籐籠《とうかご》に山と盛られた様々な種類のパンの、香ばしい匂いにそそられる。

目を窓の外に向ければ、そこにはまっ白な雪景色が広がっている。なんとも不思議な光景だ。

部屋の中は、ユリウスの趣味なのだろう、ゴシックを基調とした家具や装飾品は、もちろん本物のアンティークだ。

基樹の部屋は、すぐ隣にある。秘書用の脇部屋だというのに、仕事部屋と応接間と寝室まである、豪華な設えだった。

猫脚も優雅なアンティークデスクの上に、パソコンやファックスが置いてあるのが、なんとも奇妙だった。外観に似合わず、若草色を基調としたファブリックが、基樹の好みだ。というより基樹が自分に見る色に合わせてくれたのだろう。

寝室の一人用ベッドが意外と普通で、落ち着いて寝られそうだと思ったのだが、この状態ではあれを使うことはなさそうだ。

昨夜もウォルフヴァルトで最初の夜を、たっぷりとユリウスの愛撫とともに味わった。表向きはどうあれ、二人にとっては結婚式であり披露宴であったのだから、基樹もすっかり花嫁気分でいつになく甘えてしまった。

火照った肌に隙間ひとつなく与えられる、口づけと愛撫――その官能にどっぷりと浸ってすごした夜は、本当に夢のようだった。

昨夜の余韻に浸りながら、ぼんやりと窓の外の景色に見入る。

(雪っていつ以来だろう? 子供のころは誰も踏んでない雪道を歩くのが、好きだったけど)

そんなことを考えながら、もっと間近で眺めたくなって、そっとベッドを抜け出した。

ホフマンが用意してくれていたらしい、暖かそうなセーターをはじめとするひとそろいを着込みながら、閃《ひらめ》いたことを実行することにした。

足音を忍ばせながら、コートと手袋をクロゼットから引っ張り出して、寝室をあとにする。

コートを羽織りながら階段を駆けおり、呆気にとられる使用人達に「Guten《グーテン》 Morgen《モルゲン》!」と挨拶をしながら、玄関から飛び出した。

「うわ、眩しいぃ……!」

昨日から降っていた雪もすっかりやんで、青空が覗《のぞ》いている。

東の空にぽっかりと浮かんだ朝陽が、眩しいほどの光を投げかけているせいか、一面の銀世界にもかかわらず、昨夜ほどの寒さは感じない。

朝の息吹の中で、眼下に広がる小さな首都は、箱庭のように輝いている。

雪に覆われて冬眠でもしているかのような家々のドアが開いて、一人、また一人と、豆粒みたいな人々が溢れてきて、街が目覚めていくようすが感じられるのが嬉しい。

この街で……クラインベルグで生きていく、これからずっと。

思いつつ、ゆっくりと周囲の山々へと目を向けて、その神々しいまでの美しさに、吐息すら凍らせながらも、目を瞠《みは》る。

「すごいな……！」

昨日から何度、この言葉を呟いただろう。

自然の存在に、圧倒される美しさだ。すごい、すごい、と子供のようにできるだけ足跡のない場所を探しながら、歩いていく。ちょうどブーツが埋もれるほどの深さだが、ずっと積もり続けていればこの程度ですむはずがないと思っていたとき。

突然、きれいに雪かきされた道が現れる。さらにそのさきを見ると、フード付きの作業着姿の男が、日陰になった城の側面の雪をスコップで掻き分けて、通り道を作っている姿が目に入る。

この城を中世のままに維持するために、誰かがこうして必死に働いているのだ。まったく頭が下がると、雪かきを続ける男の横顔を見て、あれ？　と目を瞠る。

（あの人……、なんか覚えがある……？）

誰だっけ、と思った瞬間、唐突に色が浮かんだ。

青い表紙の分厚いファイル——つまり信頼から除外されたほうにあった、青年だ。

名はイゴール・コルネリウス。

まだ若い、十八歳。三カ月ほど前に、庭師が助手として雇った。

両親や家族の記載はなかった。十五歳で職業訓練校を卒業。現在は、どこかの別荘で住み込み管理人として働く合間に、ここで週に三回ほどアルバイトをしている。

正式採用ではないから、昨夜の宴席にいなかったのも当然だ。

それでも基樹の共感覚は、さして重要とも思えないこの青年を見たとたん、頭の中に詰め込んだ資料の中から、まるで探していた一枚のように、その顔と名を引っ張り出したのだ。

ずっと気になっていたものを、ついに見つけたと感じた。

（そうだ、妙な気配がしたんだ……）

履歴に添付された写真を見たときから、引っかかっていた。

だが、こうして雪かきをしている姿を見るかぎり、真面目そうな普通の青年だ。

その手元にふと視線がいく。スコップを持つ手がはめているのは、雪かき装備にしてはお粗末な軍手だ。濡れてしまえば、指先まで凍えるだろうに。

使用人にはそれぞれの仕事に見合った制服が用意されているはずだが、バイトだから別あつかいなのかもしれない。それが気になって、自分の革の手袋を外しながら、歩み寄っていく。

基樹の足音に気づいているだろうに、青年はなかなか顔を上げようとしない。それだけ仕事に集中しているのか、単にシャイなのか。

「きみ……、イゴールくんだろ?」

名を呼ばれて、ようやくその青年――イゴール・コルネリウスは、基樹のほうをちら見した。

その瞬間、それが間違いなく彼の本名だとわかる。

一途《いちず》な若者らしいラベンダーの花の色……薄紫がはっきりと眉間のあたりに感じられる。

イゴール・コルネリウスという、短くて覚えやすいそれは、この青年の本名だ。

偽名では決してない。他に別名があるわけでもない。

ないのだが……。

(なんだろう、なにがこんなに気になるんだろう?)

基樹の呼びかけに振り返ったイゴールは、目まで隠れていたフードを軽く上げた。漆黒の瞳と、黒い巻き毛の前髪が覗く。なにかひどく戸惑ったような表情だ。

どうして自分に声をかけてくるのだろう、とでも言わんばかりの怪訝そうな瞳。

「初めまして。僕は栗原基樹といいます。昨日ついたばかりで、まだ皆さんにご挨拶もしてないもので。イゴールくんは日本語が堪能だって、履歴書に書いてあったから」

大公家が日本びいきのおかげで――というより、小国でありながら経済大国と呼ばれるようになったことが重要なのだろうが、日本語に堪能な者が多い。

「……ああ……、はい。おはようございます」

イゴールは声をかけられた理由に納得したのか、フードの先端についていた小さなつばに手を当てて、軽く会釈《えしゃく》してくる。それにしても、無愛想な態度だ。

「朝からたいへんだね」

「……仕事ですから」

どうやら、笑顔での会話はできないタイプのようだ。

十八歳とはいえ、身長は基樹よりあるだろう。作業用の外套《がいとう》の下には、しっかりと鍛えられた身体があるのがわかる。これだけ語学力があるのに高等教育を希望しなかったのが、なんとなく腑《ふ》に落ちない。ウォルフヴァルトではすべての学校が公営なのだから。

なにか専門職に就きたくて職業訓練校を選んだのだとしたら、ずいぶん中途半端な仕事をしている。職業に貴賤《きせん》はないが、能力のある若者が求められているウォルフヴァルトでなら、日本語が話せるというだけで、もっと別な道を選べそうなものだ。

だが、いまは冷たそうな手のほうが気になって、基樹は外したばかりの手袋を差し出す。

「これ、使って。はめてたので悪いけど。それじゃあ、しもやけになっちゃうよ」

「………」

黙《もく》したままイゴールは、差し出された牛革手袋を見つめる。

ユリウスが選んでくれたものだから、むろん高級ブランド品で、内側にはファーが張られている防水防寒仕様の優れものだ。

それを、分不相応とでも感じているのか、施しを受けているようでいやなのか、どちらにしろ、なかなか手を出そうとしない。

「——僕はユリウス様の秘書として、日本から招かれたんだ。手袋は、本来ならこちらが用意しておくべき装備だ。もっと雪かきに適したものがあるんだろうけど、いまはこれしかないから、受けとってもらえるとありがたいんだけど」

それでもためらっているイゴールの外套のポケットに、基樹は少々強引に手袋を突っ込む。

「ここでの仕事が終わるまで、持ってて」

それだけ言って、踵《きびす》を返したものの、なんとなく後味の悪さが残る。

施しではない。ここでの仕事が終わるまでの期限つきで、貸しただけだ。でも、やはり哀れまれたように感じたかもしれない。

よけいなことをするべきじゃなかった、と後悔に浸りながら寝室に戻ると、すでに起きていたユリウスが、ガウン姿で窓際に佇んでいた。

「私を放って、庭師の若者と早朝デートかい」

新婚初日に遅れをとってしまったのが悔しいのか、ユリウスは不機嫌丸出しの声で言う。

「バカ……。そんなんじゃないよ。ふうぅー、やっぱり外って寒いね」

いまさらながら寒気に身を震わせて、基樹は小走りで、ユリウスの胸に飛び込んだ。

「Guten《グーテン》 Morgen.《モルゲン》ユリウス」

「おはよう、基樹」

暖炉の火がぱちぱちと爆《は》ぜる部屋の中は、暖かい。

けれど、窓から外を見れば、イゴールは渡した手袋をポケットに入れたまま、雪かきを続けている。基樹が窓の外ばかり気にしているのが不愉快なのか、ユリウスは自分に集中させようとでもするかのように、痛いほどのキスを首筋に落としてくる。

「若い男のほうがよくなったのか？　式の翌日に、あんな子供相手に浮気をされるようでは、私の魅力も衰えたものだ」

からかい口調で、でも、どこか本気交じりで、基樹の耳朶を舌でねぶる。

「ん、もうっ……。寒いのに、大変だって思っただけ」

あまりじろじろ見下ろしてしまったせいか、イゴールは場所を変えようと、スコップを引きずって歩き出す。ちら、と振り返りしな、基樹とユリウスのいる窓を仰ぎ見る。

瞬間、フードの陰からこちらをうかがったイゴールの瞳が、唐突に意志を持った。

さっきまでの無愛想で内気そうな青年のものではなく、狙いを定めて狩りに向かうハイエナのそれ――飢えて、渇いて、空腹を満たすためならなんでもやる獣のような色が、基樹の眉間を掠めたのだ。

「……っ……」

思わず、口から出そうになった驚愕の声を、基樹は呑み込んだ。

（あ、あれって……？）

基樹が見る色は、一人に一色……当然のことだ。

それは人間の本性の色なのだから、いくつもあるはずがない。

なのに、夜の闇のような、なにかの影のような、つかみどころのない色が、まるで幽鬼《ゆうき》のようにゆらゆらと基樹の眉間のあたりを、掠めたのだ。

ほんのつかの間、ゾッとするような感覚を残して、すぐに消えてしまったが。

あとには、スコップを引っ張って裏庭へと向かう、青年の後ろ姿が残る。感じるのは、初対面のときと同じラベンダーの色だ。

ならば、いましがたイゴールから湧き上がった、煙のようなものはなんだったのか？

（まさか……、この城に憑《つ》いてる霊とかじゃないよな……？）

だが、幸運なことに、基樹には霊体験はない。

共感覚は霊感ではなく、生きている人間の存在に反応するものだから。

（そうだ、最初に名簿を見たときから、妙な感じがしたんだ……）

だが、答えを見つける前に、イゴールの姿は視界から消えてしまった。

基樹の中に、深い疑惑だけを残して。

ついでにユリウスの中にも、見当外れの嫉妬を残して。

「さあて、いつまでも若い男の子を見てる妻には、お仕置きが必要かな」

「な、なに言ってんの……。ってゆーか、妻ってなんだよ」

「結婚したんだから妻だろう。新婚初日だから、お仕置きは免除かな。それより、すっかり冷えているよ。私が温めてあげよう」

ユリウスは基樹の手をとり、エンゲージリングを輝かせた薬指に口づけて、順繰りに他の指へと舌を絡めていく。上目遣いで基樹の反応を探っているピーコックグリーンの瞳が、もっと芯から温めあわないか、と誘っている。

昨夜、散々抱きあったし、基樹はきっちり部屋着を着込んでいるのに。

でも、着ているものは脱げばいいだけ——それがユリウスの理屈で、その気になったユリウスを止められたことは、一度としてないのだった。


ウォルフヴァルトでの生活がはじまって、ようやく一週間。

ユリウスはしばしの休暇をとっていた。そのあいだ、基樹を遠乗りに連れていってくれたり、ドイツ語の勉強につきあってくれたり、そしてもちろん官能に溢れた夜は、蜜月だからと、たっ

ぷり甘やかしてくれた
だが、ヴァイスクロイツェン家当主が、いつまでも遊んでいるわけにはいかない。今日からは仕事だと、どっぷり不機嫌そうな顔で出かけていった。

ひさびさの一人の時間を満喫《まんきつ》するために、基樹は昼食用にと、ライ麦パンにレバーペーストとカマンベールチーズを挟んだボリュームたっぷりのサンドイッチを作り、お気に入りの春摘みのダージリンを淹《い》れて、自分の部屋へこもり、お堅い礼服も普段着に着替えてしまう。

この一週間、ほとんどユリウスの部屋ですごしてしまったから、自分用のデスクに腰掛けるのもこれが初めてだ。ロココ調のアンティークデスクには、それとは不似合いな銀光を放つノートパソコンが置かれている。

さて、と基樹は、以前にユリウスから渡された二冊のファイルをとり出した。青い表紙の分厚いファイルを開く。

その最後のほうに、他のページの書類よりかなり手抜きの感のある、イゴール・コルネリウスの書類がある。携帯電話の番号は記されているが、肝心の住所欄が空白だ。

もっとも、仕事が別荘の管理人というからには、自宅はないのかもしれない。

この一週間、ユリウスといちゃいちゃするだけでなく、それとなく使用人達に、イゴールのことを訊《き》いて回っていたのだ。

冬だけの雪かきのバイト程度だと、さすがに身上調査まではしないのかと、まずは執事のホフマンに訊いたのだが、イゴールのことに関しては記憶にないという。

庭師に問うと、上からの指示で使っていると言われた。

メイド達に確認すると、そんな子はいたかしら？　と首を傾げられてしまった。

「誰も心当たりがないってのは、どういうことだ？」

基樹はファイルを手にとって、もう何度も確認したイゴール・コルネリウスのページを開き、添付されている写真を見る。

ラテン系なのか、黒い瞳に黒い髪というのは、ゲルマン民族を祖とするウォルフヴァルトでは、珍しい。

愛想は悪いし、話し声はぼそぼそしているし、笑顔のひとつも見せなかったせいか、地味な印象を受けるが、それでも面立ちはかなり整っている。バイトとはいえ十八歳の若者が週に何度か顔を出しているというのに、同い歳くらいのメイド達が覚えていないとは、なにかおかしい。

「こちらの女の子は、男談義はしないとか？」

基樹自身も学ばねばならないことは山ほどあるから、イゴールのことばかりにかまっていられないが、ともあれ、もう少し情報を集めてみなければと、腰を上げる。

ちょうど今日は、イゴールの仕事の日だ。窓から見下ろせば、せっせと雪かきをしている姿が目に入る。週に三度、早朝から通ってきて、四時間ほど黙々と雪かきをする——ただそれだけが彼の仕事だった。

こうして見ているだけでは、とりたてて変わったところのない、普通の青年だ。あまりに普通すぎて、それがかえって奇妙に感じられるほどに。

庭師とすれ違っても、ぺこりと頭を下げるだけで、会話すらしない。ホフマンが郵便物をとりに出たときも、メイド達が玄関前の掃除をしていたときも、そばにイゴールがいるのに、誰一人として声をかけようともしない。

バイトだから無視しているというより、視界に入っていないという感じがする。目立たない地味な作業着姿ではあるし、せっかくのラテン系色男の顔も、フードのせいでほとんど見えないし——雪かきという仕事自体が冬のウォルフヴァルトでは、すでに周囲の風景の一部になってしまっているのかもしれない。

窓際に腰を下ろして、ワゴンに乗せた昼食をそばに置いて、しばしのあいだ観察していたが、そのあいだに、イゴールに例の影のような色を感じることはなかった。

やはり錯覚だったのかもしれない、と基樹は思いはじめていた。

ただ寡黙《かもく》で内気な青年が、一冬だけのバイトをしているにすぎないのではないかと。

その上、仕事中のイゴールの手には、相変わらず古びた軍手がはめられていて、よけいなことをしたな、と気分が憂鬱《ゆううつ》になる。

サンドイッチの皿がすっかり空になるころ、そろそろ切りあげるか、と腰を上げる。

(それにしても、どうして、こんなに気になるんだろう……?)

なにか言いようのない不安を感じながらイゴールの写真を見つめていたとき、唐突にノックの音が響いて、答えも待たずにドアが開いた。

「ただいま。どうした、ずっとこもりっきりだと聞いたが、勉強か？」

いつの間に戻ってきたのか、ユリウスが立っていた。

「あ、ユリウス……。お、お帰り」

慌てて歩み寄るなり、基樹はユリウスを迎え入れる。そのころにはイゴールが城の裏手へと向かっていたので、すっかり玄関方向への注意が散漫になっていた。

「迎えに出なくてごめんね。ぜんぜん気がつかなかった。それにしても、ずいぶん早いんだね」

「相手のつごうで、ひとつ仕事が飛んだんだ」

ユリウスは憤然《ふんぜん》と言いながら、基樹の手にある写真を覗き込む。

「おや？　もしかして……いつぞやの朝、雪かきをしていた青年かな？」

「あ、うん」

「半日もその青年を眺めていたのか？　またまた浮気の兆候《ちょうこう》とは、一人にさせておけないな」

「そんなんじゃないってば。それより、イゴールを雇ったのは、ユリウス？」

「イゴールというのか？　いいや。ただ、雪かきのような誰にでもできる仕事は、できるだけ若い子を雇うようにと言ってある。どんな仕事であろうと、公爵家に出入りすることは、未来を担う子供達にとって、いい経験になるだろうからね」

若者なら安い賃金で使えるからではなく、経験を積ませるために雇っていると聞いて、基樹は納得する。では、庭師が上からの指示だと言ったのは、ユリウスのことだったのだ。

「子供が自分で働いて、お小遣いを稼ぐというのは、こちらでは当たり前の習慣だ。で、なにがそんなに気になるんだ?」

「うん……。気のせいかもしれないけど……」

言ってもわかってもらえるだろうかと思いつつ、基樹は気になっていることを告げた。

「彼……イゴール・コルネリウスは、なにか別の名前を持ってる気がするんだ」

「それが、なにか? 貴族でなくても、真の名前を隠し持っている者はいると思うが」

「そうじゃないんだ。こちらの貴族みたいに秘密の名前を持ってる場合、僕が見る色は、明滅したり、曖昧に揺らめいたりする。でも、色はひとつだけなんだ」

意味を計りかねたのか、ユリウスはデスクに寄りかかって、首を傾ける。

つられて基樹も、ほっと息をつきながら椅子に腰を下ろす。

「イゴールからは……なにか別の色のようなものを感じるんだ」

「それが、そんなに問題なのか?」

「大問題だよ。僕の共感覚は、姿と名前に同じ色を見るものだ。一人に一色、それだけは絶対の原則なんだ。本人の顔を見て、名前を知って、色を感じる。たとえ同姓同名の人がいても、名前から受ける色は違うから、覚え間違えるってことがないんだ」

基樹が共感覚で見る色は、意識して記憶するのではなく、感覚に刻み込まれるものだ。いったんインプットしてしまえば、あとは必死に思い出そうとしなくても、色のイメージは勝手に浮かんできて、それが顔や名前を引き出す。

一度で覚えられるのは、そういう理屈なのだと思っている。

「重要なのは、むしろどんな色を見るかなんだ。七十億の人類がいるなら、そのぶんだけの色を感じるんだと思うんだ。それは一人一人の個性の色だから」

たとえば、結婚して姓が変わった女性や、ペンネームを持っている作家や、芸名を持つタレントなど、本名よりも後付けの名前のほうが一般に知られてしまった場合でも、結局のところ本性が変わるわけではないから、色は変わらない。

ふたつの名前に同じ色を感じるだけで、片方を知らなければ、それは不明瞭に揺らめいているだけだ。テレビを観ながら、このタレントは本名をそのまま使っているとか、芸名だとか、その程度のことならすぐにわかる。あまり自慢にはならないが。

「一人の人間から、ふたつの色を感じたことなんて……一度もなかった」

それは人格が持つ色なのだから、一人に一色というのは、絶対条件だ。

なのに、イゴールからは、ほんの一瞬ではあったが、別の色のようなものを感じた。

「彼……イゴールは、最初にファイルを見たときから、なにか変だった」

飛行機の中で、渡された分厚いファイルを何気なくめくって、ふと目を引かれた。

名前を確認して、揺らぐことのないラベンダーの色を頭に刻み込んで、それが偽名でないとわかった。にもかかわらず、ほんの一瞬、影のようなものがよぎったのだ。

それがひどく気にかかった。窓から入ってきた陽光が陰ったのかとも思ったが、いままでの経験では、共感覚で捉える色と、現実に網膜に映っている色が、影響しあうことはなかった。

たぶん、認識している部分が違うのだろう。明確な差異があるから、イゴールから感じたふたつめの色——雪かきの日にも感じたあの影のようなものも、共感覚で捉えたものと確信できる。

「一人の人間に、ふたつの色が見えるなんてこと……あるはずがないんだ」

もしそうだとしたら、基樹の人生は根底からくつがえってしまう。

自分が、確かに感じていると信じていたもの。基樹の人生の大半を引っ掻き回してきた、やっかいだが、美しいものを見る力。

家族にうとまれ、友人に変人あつかいされ、公務員を辞めることになってしまったのも、そしてまたユリウスとこんな関係になったのも、唯一絶対のその力ゆえなのに。

「俺の共感覚って……けっこういい加減だったのかも……」

じわじわと不安がこみ上げてくる。いままで確固として信じていたものが、突然、ひどく価値のないものに思えてくる。

「基樹」

優しい声音が間近で響いて、頬になにかが触れた。ユリウスの手だ。そっと撫でるように滑っていく。くすぐったさに誘われるように、見下ろしている男の顔を仰ぐ。

覗き込んでいるピーコックグリーンの瞳の、鮮やかな色。

だが、それとは違う純白を、基樹は出会ったときから感じていた。

「なんだか久しぶりに聞いた。一人称の『俺』を」

「あ……？」

「最近は、ベッドの中でも『僕』だから、ずいぶん冷静だなと寂しく思っていたんだが」

「な、なに言って……」

もともと真面目な基樹は、子供のころからずっと、一人称は『僕』だった。

大人になって最初に就いた仕事が公務員だったせいか、よけいに言葉遣いは堅くなるばかりで、よほど理性を欠いたようなときでなければ『俺』とは言わないし、こちらに来てからは、秘書という立場もあることだしと、気をつけていたのだが。

知らぬ間に『俺』と言ってしまっていた。それだけ心を許している証拠なのだろう。

いつも基樹を夢中にさせるもの、そしてまた安堵させるもの——唯一の男の指先が、優しく基樹に触れてくる。

「あまり思い悩むな。きみの力には、自分でもわかってない部分があるんだろう？　ずっと隠すことばかりに必死になっていたんだから」

確かに、いままでは、できるだけ見ないようにしていた。

その上、ドイツ名と関わりはじめたのは、この三カ月ほどでしかない。

表意文字の漢字と、表音文字のひらがなやカタカナを、いっしょくたにして使っている日本語の名前と、アルファベット表記の名前では、なにか違いがあるのかもしれない。

それでなくても、ウォルフヴァルトには、ユリウスやフリードリヒのように、他人には秘密の真の名前を持つ者もいる。

ただ、名前の色を感じるというだけでなく、どんな状態のときに発揮される力なのか、もっと真剣に考えなければいけないところにきているのかもしれない。

「――そうだな、たとえば」

ユリウスはしばし考え込んでいたが、なにかに閃いたのか、うん、と納得にうなずいた。

「単なる思いつきだが、二重人格の人間には、どんな色が見える？」

「どんな……って？　二重人格の人に会ったことなんて、ないし……」

「だったら、まだ見たことはないわけだ。でも、ふたつの違う人格を持っていて、それぞれに別の名前がついていたら、ふたつの色が見えるほうが納得がいくが」

「それは、どうだろう……？」

自分の中にもう一人の存在がいて、入れ替わっているときの記憶が飛んでしまうほどに、名前も人格も違う場合、それは他人と同じことにはならないだろうか。

「そうだね……それなら、二人ぶんの色が見える可能性もあるかも……」

いままでそんなふうに、人間の持つ人格の多様性まで考えたことはなかったな、と思う。

「俺、自分のことなのに、逃げてばっかりだったから……」

「すぐに弱気になるのは、きみの悪い癖だ。むしろ、自分の力の新たな可能性を発見したつもりになって、気長に考えてごらん。二十四年も逃げてきたんだ、一週間かそこらで結論を出すのは早計すぎるんじゃないか」

「うん……」

こうしてユリウスは、いつも基樹を救ってくれる。

「ありがとう、ユリウス。勝手にへこんでちゃダメだね。もう少し自信を持つよ」

「いいや、礼はいらない」

微笑むユリウスの、うっとりとするほど端整な顔が、近づいてくる。

「ただベッドで私を楽しませてくれれば、それだけでいい」

「もう、すぐそれなんだから……」

基樹の文句は、だが、あっという間に熱い口づけに呑み込まれてしまう。

ベッドでもなにも、まだ午後になったばかりなのだ。それに、一週間休んだぶんの書類はユリウスのデスクの上に山積みで、一晩かかってもサインしきれないほどなのに。そちらを優先させるのが有能な秘書の本分。

今夜はどうしても仕事をさせるぞ、と固く決意する基樹だが、もう少しこの甘さに浸っていた

いと思ってしまうのは、新婚だからしかたがない。

（ふわぁぁ……。眠いや……）

あくびを嚙み殺しながら、基樹はユリウスの飾り紐《レニャード》を整える。いままではホフマンがやってくれていたけれど、これからはユリウスの身の回りの世話が基樹の仕事になるのだ。

今日は、早朝から仕事だとかで、まだ太陽がようやく東の山の頂《いただき》に顔を見せたばかりで、あたりが朝焼けに輝く中、基樹もコートを羽織って、車に乗り込むユリウスを見送った。

黒塗りの大仰なリムジンを視線で追っていくと、正門脇に設えられた通用門からイゴールが入ってきたのが見えた。

ちょうど出勤時間なのだろう。いつものようにうつむき加減で仕事にやってきた、質素な身なりのイゴールと、ユリウスの乗った高級リムジンが、門扉のあたりですれ違った。

瞬間、目深に被ったフードの中で、ユリウスの車をうかがうようにイゴールの視線が動いた。

そして、あの色が——闇のような色が唐突に現れて、基樹の眉間のあたりを圧した。

それは一瞬のことで、車が去っていったころには、すっかり消えてしまっていたが。

（さ、錯覚じゃない。ちゃんと感じた……あれは……）

そういえば、この城で最初にイゴールからあの色を感じたのは、二階の窓際でユリウスと抱きあっていたときだった。こちらの人間は頻繁《ひんぱん》にハグをするから、そのこと自体に対する嫌悪とは考えられない。だとすると……。

(もしかして……、あの闇のような色は、ユリウスに反応してるのか?)

自慢はできないが、ユリウスには敵が多い。もしかしたら、イゴールが出自を曖昧にしているのは、反ユリウス派の一人だからかもしれない。

——二重人格の人間には、どんな色が見える?

ユリウスの、あの問いの意味。

寡黙で内気な青年の中に、抑え切れぬ憎悪が芽生えたとき、それがあまりに異質でイゴールの身にそぐわなすぎるものだった場合、本来の性格を歪めることを嫌い、人格ごと変えてしまったりはしないだろうか。

憎しみは、人を鬼にも蛇にも変える、というし。

ユリウスに関係することなら放ってはおけないと、さくさくと雪を踏みしめながら倉庫に向かって歩いていくイゴールのあとを、基樹は追う。

「おはよう、イゴール」

のろりと振り返った青年が、なにやらバツが悪そうにうつむいた。

視線をたどっていったさき、イゴールの両手に、基樹が貸してあげた手袋がはめられていた。

「その手袋、使ってくれてたんだね」

「——ありがとうございました。暖かいです、これ」

なんともぎこちなく、イゴールは感謝の言葉を伝えてくる。

「仕事に使うにはもったいなさすぎるんで。でも、普段遣いしてはいけなかったですよね」

「そんなことないよ。仕事をする大事な手なんだから、普段から大事にしておかないと。備品みたいなこと言ったけど、ずっと持っててくれてかまわないよ。僕は他にも持ってるから」

ほらね、と基樹は真新しい手袋をはめた両手を、振ってみせる。

「……いいんですか？」

「いいよ。もうすっかりきみの手に馴染んでいるようだし。大切に使ってくれる人に持っていてもらうのが、いちばんだから。それにきみのほうが似合うよ、その色」

何気なく言ったのに、イゴールは意外な言葉を聞いたかのように、頬を染めたのだ。

（あれ……？　なんだ、単にシャイなだけなんじゃないか？）

ようやくまともな会話が成り立ったのをいいことに、基樹は気になっていたことを訊《たず》ねる。

「こっちの人って、顔立ちを見たり、言葉の訛《なま》りを聞くだけで、どこ系とかすぐにわかるだろう。僕、それがわからなくて……イゴールはラテン系なのかな？」

「はい。母親がラテン系です。独立前、俺の父親は、イタリアとかスペインとかを旅していて、そのときに知りあったとか」

「そうか。あの時代、ウォルフヴァルトに戻れない人達は、世界中に散っていたんだっけ」

世界が冷戦という名の壁に引き裂かれていた時代、西側に散ったウォルフヴァルトの人々は、帰る地もなく流浪《るろう》の日々を送っていたのだ。

叙爵されるほどの成功者は、その中のほんの一握りにすぎない。イゴールのように、どう見ても豊かとは思えない生活をしている者が大半だろう。

それでも、祖国に戻ってこられただけでも、幸せなのかもしれない。

「あのさ、どうしてギムナジウムに行かなかったの？　日本語がそんなに堪能なら、高等教育を希望しても、じゅうぶんやっていけたと思うんだけど」

イゴールは仕事道具を倉庫から出すあいだ、しばし考え込んでいたようだったが、やがて振り返って、ぽつりと言った。

「親が、離婚して……」

「え？」

「こっちの生活が合わなかったのか、母親がイタリアに帰ってしまって。そのあとすぐに父親も行方が知れなくなってしまって。それからずっと父親の知人の世話になってたから。上の学校に進学する余裕がなくて……」

「ああ……、そうなの」

「でも、日本語も他のことも、その人が教えてくれたから、なんとか暮らしていけるし」

「なんか……ごめん。言いづらいこと訊いちゃったね」

人の出自にかかわることなど、やはり訊いてはいけなかったのだ、と基樹は興味本位だった自分を恥じる。想像以上に、苦労してきたのだ、この青年は。

「本当にごめんね。じゃあ、仕事の邪魔になりそうだから、失礼するよ……」

慌てて踵を返し、イゴールの視線を感じながらも、城の中に駆け込む。

(なんだよ、俺……。イゴールにどんな色が見えようと、彼の心に土足で踏み込んでいいはずないだろう)

イゴールのあの闇のような色が、ユリウスに向けられているのは、気になる。

気になるのだが、それでも、ずいぶんと多難な人生を歩んできたらしい十八歳の青年の秘密を、暴いていい理由にはならない。

そんなことがあったものだから、朝食もあまり喉を通らず、基樹は早々に自分の部屋に引き上げた。早起きしたせいもあって、身体も気怠い。

いっそ二度寝をしようかと、カーテンを閉めようと窓辺に近寄る。

ふと、下を覗き見て、あれ？　と目を瞠った。

窓の外、基樹の部屋を見上げるような位置に、雪だるまがひとつ、ぽつんとあった。

正確には、雪で作った熊だ。リアルなものではなく、ぬいぐるみのような愛嬌《あいきょう》のある熊が、楽しそうに笑いながら挨拶でもするように、基樹の部屋の窓に向かって手を上げている。

「あれって……、イゴールが作ったのかな?」

たぶん、そうだろう。中世の景観を残したこの堅牢な城塞に、あんなユーモラスな熊さん雪だるまを作る者など、他にいるはずがない。

「そっか……。俺のために作ってくれたのか」

よけいなことを訊いた基樹が落ち込んでいるかもしれないと、イゴールなりに考えて、作っておいてくれたのだろう。

ぜんぜん気にしてないよ、との意味を込めて。

寡黙だし、地味だし、愛想はよくないけど、それでも優しい心根がなければ、こんな気配りはできない。ラベンダー色の若者らしい、心遣いだと思う。

「もう少し、調べてみようか……」

これ以上無断で、イゴールの出自を探るのは、感心できることとは思えないのだが。

だが、両親が離婚して、父親が行方をくらまして、知人に育てられたという経緯が、少しばかり気にかかってはいるのだ。

ウォルフヴァルトは福祉国家だ。資産家が納めた税金は、将来を担う子供達に、まず優先的に使われる。両親のない子供は、公営の養護施設が面倒を見てくれるし、望めば大学までの高等教育を受けることもできる。その能力がありさえすれば。

父親の知人に引き取られたにしても、申請すれば養育費が支払われるから、経済的な理由で進学できないということはないはずなのだ。

目的があって職業訓練学校を卒業したというなら別だが、イゴールの口ぶりでは、上の学校に行きたかったようにも感じられたし、希望どおりの道を進んでいるなら、十八歳の青年はもっと生き生きしているものではないだろうか。

（もしかして、引き取られたさきで、不当なあつかいを受けているとか……）

基樹が渡した手袋を、もったいなくて仕事には使えないと思うほどに、物質面でも精神面でも、満たされていない部分があるような気がする。

不思議なほど誰の意識に残らないのも、イゴール自身があえて人目を避けているからではないだろうか。以前の基樹がそうだったように、身近な誰かに諭《さと》されて、目立つまいとひっそりと暮らしている――そんな気がしてならないのだ。

とはいえ、すべては基樹の憶測でしかない以上、イゴールの保護者を疑ったり探ったりするわけにはいかない。

「ようは、イゴールに見える、あの闇のような色が問題なんだよな……」

基樹を不安にさせる、あの色の意味さえわかればいいのだ。

わかってみれば、こんなことか、と気抜けするような理由かもしれないし、と基樹はパソコンに向かう。以前、ユリウスやフリードリヒの真の名前を探るときにやった方法を、試してみることにした。

イゴールの写真を見ながら、あの闇のような色を感じる言葉を探せばいいのだ。

昨今は、RPG系のゲームが流行《はや》っているおかげか、日本のサイトにも、小難しい外国語の単語を並べたものがけっこうある。ドイツ語は名前の響きがカッコイイせいか、ファンタジーやパラレルワールド系のマンガや小説の舞台装置として、よく使われているから、調べるのはさほど手間ではない。

「さて、色合いからすると、黒っぽい名前だよな……」

黒がSchwarz《シュヴァルツ》、夜がNacht《ナハト》、晩がAbent《アーベント》、霧がNebel《ネーベル》、影がDer Schatten《デア シャッテン》——とそれっぽい単語を見つけては、片っ端から当てはめていくが、どれもピンとこない。

「最初に感じたイメージで、『闇』ならどうだ？　Dunkelheit《ドゥンケルハイト》……か、あれ？」

その瞬間、イゴールの写真に、ぼんやりとだが闇のような色を感じた。

「これは、かなり近いぞ。えーと、他に似た言葉は——あった。『暗い』がdunkel《ドゥンケル》……」

モニターにその単語が浮かんだとたん、これだ、と基樹は直感する。

「見つけた……！」

暗いとか闇とかいう意味のDunkel《ドゥンケル》こそが、あの色が示す名前だと、今度こそはっきりと眉間のあたりを圧する感覚が教えてくれる。

だが、それはまた、ひどく禍々《まがまが》しい色でもある。

不安や、恐怖や、憂鬱や、そういったマイナスの感情までをも誘発されて、基樹はゾッと背筋を悪寒に震わせた。肌がざわざわして、気分までも重くなってくる。

(——これは、俺が知ってては、いけないものかもしれない)


その夜、仕事から帰ってきたユリウスに、お帰りなさいのキスもそこそこに、基樹はイゴールについての新たな発見を告げた。

「——いま、なんと言った?」

そう問い返したユリウスの表情が、あっという間に強張っていく。

常に騎士の誇りと、紳士の余裕をまとっている男——公爵の名に傲然《ごうぜん》とふんぞり返ってなお、それを周囲に認めさせるだけの力量を持つ男が、驚愕に言葉を失ったかのように、ごくりと息を呑んだ。

「だから、ドゥンケルだよ。それがイゴール・コルネリウスが隠している、もうひとつの名前。闇を意味する『Dunkel《ドゥンケル》』だったんだけど……」

言いかけて基樹は、ユリウスのあまりの驚愕を前にして、途方に暮れる。

「もしかして……探っちゃいけないことだった?」

問いかけても、ユリウスは返事すらしない。ただ、じっとなにかを考え込んでいる。

「なにか、ウォルフヴァルトに伝わる、重大な秘密なんだね？」

さらに言いつのる基樹の視線をさけるように、ユリウスはうつむいたまま長い息を吐いた。

「あれは……存在してはいないものだ」

呟いた声に、疲労感が滲《にじ》んでいる。

どうしてそんなものと関わってしまったのだ、と困惑している。

「いいか。その名は二度と口にするな」

「で、でも、ただの単語だよ。ドイツでは普通に使ってるんじゃない？」

「それは、ウォルフヴァルトにはない言葉だ。こちらの公用語はドイツ語とはいえ、文法も微妙に違うし、独特の訛りがある。その単語は使わなくても、会話は成り立つはずだ。少なくとも、ウォルフヴァルトの辞書には載っていない」

言葉自体を抹消してしまうほどの秘密ということなのか、と基樹は目を瞠る。

「俺……まずいこと、しちゃった……？」

それには答えずユリウスは、ぽつぽつと奇妙な話をはじめた。

「遙か昔……千年以上も前から、ウォルフヴァルトには秘密裏の仕事を生業とする者達がいた、といわれている。――ある種の秘密結社だ」

「秘密、結社……？」

さあ、いよいよ本格的に怪しげになってきたぞ、と基樹は息を呑む。

「フリーメイソンとか、ドイツ騎士団みたいな？」

「そういう表舞台で活躍した集団とは、まったく違う。ウォルフヴァルト貴族ですらその存在を知らない。言葉どおり闇に暗躍《あんやく》する者達だ。国家のためというより、大公家の命にだけ従って動く。――よって、本来なら、私が知っているはずのないものだ」

「暗躍って……なんかそれ、仕置人みたいな……」

あまりに雰囲気がとげとげしすぎて、冗談めかしたせいで、かえって図星をついてしまったらしい。笑いをとるどころか、ユリウスは怒気をふくんだ鋭い視線を投げかけてきた。

出会ってからこっち、ユリウスがこれほど緊張を露わにしたのは、基樹がユリウスの本名を言い当てたときだけだ。あれは、ユリウス自身の重大な秘密だから、当然の驚愕だったのだが。

では、この殺伐《さつばつ》とした気配はなんだろう？

「父が、東に渡る直前、公爵家の跡取として知っておかねばならぬことを、教えてくれたのだ。他国に併合されている時代には、二大公爵家は、ともにウォルフヴァルトの歴史と文化を失わぬために、それを守っていく役割を有しているから」

本来なら、当時まだ子供でしかなかったユリウスに、知らせるべきことではない。

だが、身の危険をかえりみず、動乱の東ドイツに渡る決意をしたユリウスの父は、どうあってもすべてを子に伝えていかねばならなかったのだ。

そしていま、ユリウスの中に残された秘密のひとつに、ドゥンケルがあるのだろう。

千年前から暗躍していたという秘密結社の名前。イゴールがその一員なのか、それとも、勝手にその名を自らに課しているだけなのかは、基樹にもわからないが。

「だが、そういった秘密結社が、いまでも活動しているかどうかは、私は知らない。――独立後、立憲君主国となって生まれ変わったときに、グスタフ大公は、伝統を重んじつつも、時代にそぐわぬ悪習は変えていくべきと、宣言された」

「うん」

「なにより、グスタフ大公もハインリヒ皇太子も、誠実で穏健な性格であられる。怪しげな秘密結社などを使う方達ではない」

確かにそうだ。理屈は合っている。だが、ユリウスは本音を言っていない。

いま基樹が感じるユリウスの白い色は、いつもの眩しいほどの輝きを失っている。

「そうだね。でも……、ユリウス、まだなにか隠してるね」

「…………」

「僕にウソは通用しないよ。いまのユリウスは、僕が知ってるユリウスじゃない」

ユリウスの色を穢したくないと、それが基樹の決意だった。そのために自分が力になれるのなら、と、そう思ってここにいるのに――いま、その純白が見る間に精彩《せいさい》を欠いていく。

基樹の言葉に怯えるように、ゆらゆらと不鮮明に揺らいでいる。

「人は誰であろうと、秘密のひとつやふたつは、持っているものだ。きみにどれだけ特別な力があろうとも、決して踏み込んではいけない領域はあるのだ」

言って、ユリウスは基樹の顎を捕らえ、自分のほうへと向けさせる。

偽りに揺らめく白とは反対に、絡まった視線には、拒絶を許さぬ確固とした意志がある。

「これ以上、イゴールとやらに関わるのはやめよ。明日には解雇させる。あれは、もともと存在しなかったものだ」

「え……?」

「きみはなにも見なかった。なにも知らない。闇を意味する言葉も、伝承でしかない秘密結社のことも、なにも知らない——それで丸くおさまるのだ」

「なにも……見なかった……?」

だが、基樹は見た。確かに自分の共感覚で捉えてしまったのだ、あの闇の色を。

「それ……俺の力が邪魔だってこと?」

「だから、そうではない」

「そうだよ! よけいなことはするなって。妙な色を見ても黙ってろって——それじゃあ、俺の両親や兄貴と少しも変わらない!」

「基樹……」

「妙な色を見ても口にするな……父さんも母さんも兄貴も、そう言って俺を責めた。うとまれて、人の目を気にして、びくびく生きていた。それがいやで日本を出てきたのに——結局、ここでも同じことをしろっていうの？」

「そんなことは言っていない。ただ、あれはわれわれが関わっていいものではないのだ」

「わかったよ。この国には外国人には知られたくないことがたくさんある。——これからだって、きっとまた同じことがおこる。そのたびに俺は見なかったふりをするんだ」

平和な日本では、基樹は単なる異端者だが、戦いの民の国でならば、きっと自分の力を活かす道がある。

そう思って、ここにいるのに——ここでなら自由に生きられると思っていたのに。

「じゃあ、なんで俺をここに連れてきた？　なんでプロポーズなんてしたんだよ？　なにを見ても知らないふりをしろっていうなら、俺はなんのためにここにいる？」

ユリウスに愛されるために——毎晩、ベッドでユリウスを楽しませるために。どれほど快楽に満ちていても、それのどこに基樹の意志がある？

「俺は……あんたの抱き人形じゃないっ！」

どうにも我慢ができず、湧き上がる憤《いきどお》りのままに、吐き捨てる。

ユリウスはわずかに目を瞠ったものの、だが、不毛な言い争いは最初から拒否して、ふっと小さく吐息を落とした。

「そうだな……。連れてくるべきではなかったのかもしれない。きみは、この国には似合わないのかもしれない」

「そんな……」

基樹は自分の耳を疑った。いま聞いたことは空耳ではなかったのかと。

――連れてくるべきではなかったのかもしれない。

まさか、そんな言葉をユリウスの口から聞こうとは、思ってもいなかった。

どうしようもないやりきれなさが、胸の奥からふつふつと湧き上がってくる。

「……じゃあ、出ていく」

それが、掠れ声となって、漏れていく。

「必要とされないのに、いたってしょうがない……！」

こんなつもりじゃなかったと思っても、溢れていく憤りは止まらない。

「……帰る……！」

ほとんど意地で吐き捨てるなり、基樹はコートをとった。

止めようともしないユリウスをその場において、足早に部屋を出る。

廊下に待機していたSP達が、どうしたものかと、いっせいに基樹の背中に視線を送る。

「ギュンター、アルフォンス、基樹についていけ」

「Ja!《ヤー》」

サングラスに黒い背広姿、似たような面立ちの二人が、同時に返事をする。

「少し頭を冷やせば戻ってくる。どのみち、金も持たずどこに行けるわけでもない。危険なめにあわせまいと、閉じ込めておきすぎた。車で好きなように連れ回してやってくれ」

「Jawohl《ヤヴォール》, Mein《マイン》 Herr《ヘア》!」

ギュンターとアルフォンスは、一糸乱れぬ動きで頭を下げて、基樹のあとを追う。従兄弟《いとこ》同士だから実に気が合う。おかげで、ときどきユリウスでさえ見間違えるのに、基樹は一度として、あの二人の名を呼び間違えたことがない。

一度覚えた顔は忘れない——その人間が発する個性の色によって、大脳皮質のどこかに刻み込まれるのだろう。理論的にはよくわからないが、実際こうして力が発揮されるたびに、思い知らされる。それは確実に、ウォルフヴァルトの秘密を暴いていく。

基樹の力は、恩恵なのか、警告なのか。

——だが、ドゥンケルは確実に危険なものだ。

誰にも言えない心のうちで、ユリウスはひっそりと思いつつ、携帯をとり出して、ある人物に連絡をとった。借りなど作っておきたくないが、それでもこんな場面で役に立つのは、あの男しかいないからと。

ウォルフヴァルトでもっとも勇猛果敢な男——金髪碧眼の美しい戦士。

そしてまた、秘密結社ドゥンケルの総帥《そうすい》である男に。

4

捨てゼリフを吐いて出てきたものの、門扉から五十メートルも行かないあたりで、黒塗りのリムジンに追いつかれてしまい、基樹は意地を張るのもばかばかしいと車窓の人になった。

「ねえ、ギュンターさん、ドゥンケルって知ってる」

飛び出してきたときに、ついつい持ってきてしまったイゴールの写真を見ながら、基樹は隣に腰掛けるSPのギュンター・クラウゼヴィッツに問いかける。

「ドゥンケルですか？　ドイツ語で『闇』ですが、ウォルフヴァルトではあまり使いませんね。シュヴァルツマイヤー伯の『ダンケルコンサルティング』のほうを、思い浮かべるほど」

「……って、ああ、分厚いほうのファイルにあったたっけ？」

シュヴァルツマイヤー伯とは、海外在住の資産家で、独立後の功績によって叙爵された、いわゆる新興貴族だ。日本在住とあったから、なんとなく記憶に残っている。

「ご子息のレオンハルト様がユリウス様と歳が近いもので、我々はその方のほうが気になります。ドゥンケルをカタカナ読みにして、社名をダンケルにしたのも、その方の発案とかで」

「ああ、いずれはユリウスのライバルになりそうってことか」

どうやら、秘密結社ドゥンケルとは関連なさそうだ。

「日本在住の方だよね、確か？」

「はい。年に一度くらいは、戻ってこられるようですが。こちらに別荘をお持ちですから」

「年に一度のために、別荘を持ってるの？」

「貴族に叙爵されるには、こちらに住居を持たねばなりませんから」

「それって、貴族税とかがかかるんだっけ」

「はい。それはもうたっぷりと」

「……呆れた」

海外在住でありながら、わざわざ税金を払うために、住みもしない別荘をウォルフヴァルトに建てる――なんとも理解不能な感覚だ。そうやって国庫を潤すことが、新興貴族にとっては義務であり、忠誠の証であり、そして、誇りでもあるのだろう。

「けど、人の住まない家なんて、荒れるだけなのにね」

「その心配はございません。管理人がおりますから」

「あ、ああ……そうか……」

やれやれ、と基樹はため息をつく。金持ちの感覚には、なかなか慣れそうにもない。

主人が留守のあいだ、別荘には管理人がいることくらい気づかないのだから。

「ん？　待てよ、管理人……って」

なにか引っかかる言葉だと思ったら、イゴールの普段の仕事ではないか。

部屋を掃除したり、傷んだ部分の修理をしたり、庭木の剪定《せんてい》をしたり、常に食料を備蓄しておいたり、いつなんどき家人が訪れてもいいように準備を整えておく——十八歳の若者向きの仕事とは思えないが、使われていない別荘なら、独り暮らしをしたい者にとっては、うってつけではないだろうか。世間から身を隠したいのなら、よけいに……。

「貴族の別荘って、あちこちに点在してるんだろうね」

「古参の者ならともかく、新興貴族の別荘なら集中しています。宅地として開発していい地区が限定されていますから。森林を残し、農業用地を最大限にとらねばなりませんので」

ギュンターは言いながら、車窓を示す。西の青い稜線に向かって、太陽が傾いていく。

「ねえ、ちょっとその別荘地のほうまで行ってくれない？」

その中に、イゴールが管理人をしている別荘があるかもしれないと思い、ねだってみる。

「あまり遠出はお勧めできませんが」

最初に出会ったとき、日本人の目には見分けのつきづらい黒服にサングラス姿のSPの中から、ギュンターとアルフォンスの姓名を、基樹は間違えずに呼んだ。

そのせいか、この二人のSPは、基樹自身に対して、尊敬の念のようなものを抱いている。

「これは家出だから、ちょっとは心配させなきゃ。ね、お願いだから」

基樹から、お願い、と頼まれては断ることもできない。苦笑しつつギュンターは、運転席のアルフォンスに行き先を伝えたのだ。

方向転換したリムジンは、ゆるりと西の山へと向かう脇道に入っていった。

そのさきに待ち受けるものが、なんなのかも知らずに。


「へえー。別荘地っても、隣りあってるわけじゃないんだ」

数人の足跡すらも雪に消えかけている寂しい道を走りながら、基樹は車窓を眺めて呟く。

「住宅街のように集中していては、景観を損ねますので。悪目立ちしたくないのか、新興貴族の別荘は総じて地味なものです」

観光に重点を置いている国だから、別荘ひとつを建てるにも規制があるのだろう。

木々の合間から見えるのは、ほとんどが三角屋根に重そうな雪を被った、古風な外観のログハウスだ。貴族の別荘にしては意外なほど慎ましく見えるのは、こちらに来てから目にしたのが、壮大な城ばかりだったせいかもしれない。

夕闇が深くなっているから、あっという間に周囲に溶け込んでいって、小さな窓から漏れる灯《あか》りだけがぽつぽつと見えるだけだ。本当に冬のあいだは、管理人が住まうだけのようだ。

「ちょっと停まってくれる」

「もうお戻りになったほうが、いいと思いますが」

少しだけだから、と言って、基樹は車から降りる。ＳＰ二人を引きつれて、少しばかり歩いてみたものの、日が暮れかかっているだけにどんどん気温が下がっていく。

これは早々に引き上げたほうがよさそうだ、と襟を立てたとき、背後でどさっどさっと、雪の上になにかが落ちたような、鈍《にぶ》い音がした。

木々の枝に積もった雪の塊でも滑り落ちたのかと思ったが、違った。

振り返った基樹が目にしたのは、気絶しているギュンターとアルフォンスの姿だった。

そのそばに立つ男——どこから現れたのか、イゴール・コルネリウスの手に握られているのは、どう見ても銃だ。安全装置はかかっているから、銃身で二人を殴って気絶させたのだろう。

とはいえ、ギュンターもアルフォンスも、ユリウス警護のＳＰだ。鍛えられた男達が、たった十八の青年に、一瞬で倒されてしまうなんてことがあるだろうか。

なによりその男は、イゴールでありながら、イゴールではなかった。

基樹の共感覚は、誠実そうなイゴールのラベンダーを覆い隠すかのようにまとわりついている、もうひとつの色を捉えていた。あの闇の色だ。

「動くな」

簡潔に命令する声もまた、常より一オクターブは低い。

強固な意志を感じさせる視線は、基樹を射殺《いころ》さんばかりの鋭さで突き刺さってくる。

「イゴール、きみは……？」

基樹は引きつった喉から、それだけを絞り出す。

かちっ、とイゴールの手の中で安全装置が外れる音がして、銃口が基樹のほうを向いた。


「――どうして、こんなところまで嗅《か》ぎつけたんですか、あなたは？」

悪戯を見つかった子供のような表情で、イゴールは呟く。

どこの誰の所有ともわからぬ別荘の地下室で、椅子に腰掛け、ロープで縛られた体勢で、基樹は目の前にいるイゴールを睨んでいる。せめて視線だけは外すまいと。

「なんでわかった？　最初に会ったときから俺を怪しんでいただろう、あなたは。俺はちゃんとやってきた。いままで誰にも気づかれたりしなかったのに……」

不思議そうに基樹を見つめながら、イゴールは例の革の手袋を、ポケットからとり出した。

「あなたがいなければ、俺は誰にも気づかれず、あの城を見張っていられたのに。どうしてあなたは、俺の存在に気づいてしまったんだ？」

上質な革の質感を指先で撫でながら、問う声には、戸惑いが含まれている。

迷っているのだ、基樹をどうあつかっていいものか。もともとは、真面目で気の優しい青年なのだ。手袋をくれた人への感謝から、するべきことに二の足を踏むほどに。

「どうすればいいんだろう。あの連中のように、記憶を消すのがいちばんいいんだけど」

あの連中というのは、ギュンターとアルフォンスのことだ。

基樹は銃で脅されながらも、イゴールが魔法のようにSP二人に催眠術をかけて、ここ数時間ぶんの記憶を消し、そのまま車で帰らせるのを見ていた。

まだ十八歳の若者が——それも精神医療など学んだ経歴もないのに、そんなことができるのだろうか、などという疑問は持ったところで意味がない。本当に千年も続く秘密結社があるのなら、魔術もどきの暗示の方法のひとつやふたつ、伝えているだろう。

ホフマン以下、使用人達がイゴールのことに気づかなかったのも、それに関する記憶だけを消されていたからかもしれない。

ドゥンケルなる秘密結社の暗躍ぶりなど知らないし、知りたくもない。こんな若者に冷酷な技を教え込む——たぶん、幼いころからの鍛錬《たんれん》によって、SPすらも一瞬で倒すほどに。

それでもいまは、あの闇の色はずいぶんと薄れている。現れたり消えたりしながら、イゴール自身のラベンダーの色にまとわりついているだけだ。

表情からも殺伐とした気配が消えて、いつもの内気そうなイゴールの顔に戻っている。

「僕を、どうするんだ……?」

だから基樹も、なんとか問いかけることができる。

「記憶を消して、日本に帰すのが、いちばんいいんだ」

「え……？」

「あなたは、ここにいるべき人じゃない。ウォルフヴァルトのことなんか忘れて、ヴァイスクロイツェン公のことも忘れて、日本で普通に暮らすべき人だ」

「冗談……じゃない……」

ウォルフヴァルトに関する記憶の中には、当然ユリウスのことも含まれている。それを、催眠術なんかで消されてたまるものか。

すべてを忘れて日本に帰れば、こんなめにあわずにすむのは、わかっている。

だが、そこに待っているのは、共感覚を持っているがゆえに、周囲の目を気にしながら変わりばえのない毎日を送っているだけの、以前の栗原基紀なのだ。

ユリウスを知ってしまったいま――燃え上がる肌の心地よさだけではなく、祖国に命を懸ける人々の真摯《しんし》な生きざまを知ってしまった以上、それを忘れたりはしたくない。

そしてまた、イゴールのやり方も感心できるものではないが、国への忠誠心は生半《なまなか》なものではない。どうしたらドゥンケルの秘密を守ることができるか――重要なのはそれだけで、意味もなく基樹を排除しようとしているわけではないのだ。

だが、いまのままでは罪を重ねるだけで、立場は悪くなるばかりだ。

（なにか……、なにか方法はないか……？）

ユリウスは助けにきてくれる、絶対に。

基樹をどこかに置き去りにして、ギュンターとアルフォンスだけが帰ってきたら、それだけで大騒ぎになる。ユリウスはドゥンケルの存在を知っているのだから。

そして、たぶんそれを支配している者を……。

だから、どうにかしてこの場所を探し当て、きっと駆けつけてくれる。

それは信じているが、問題は間に合うかどうかだ。ユリウスのことをすべて忘れさせられてしまってからでは遅いのだ。ユリウスと出会う前の栗原基紀に戻ってしまえば、恐怖のあまり、ここはどこだと叫び、日本に帰してくれ、と泣きわめくだろう。

（俺がそんなことを言ったら、ユリウスは本当にそうしてしまうかもしれない……）

基樹をこの国に連れてきたのは間違いだったのでは、とユリウスは後悔しはじめている。

「あなたはいい人だから、もうこの国に関わらないで、日本で幸せに暮らしたほうがいい」

イゴールの言葉が、ユリウスの気持ちを代弁しているように思えてくる。

「それを言うなら、きみこそがいい青年なんだよ、イゴール。本当は、こんなことしたくなんかないんだろう？　僕に、雪だるまを作ってくれたきみなら……」

「違う……！　俺はできる。相手があなたでも、俺にはできる。俺は闇に生きる者だ……」

抑揚《よくよう》のない声で、感情の欠落した表情で、基樹に向かってというより自分自身に言い聞かせるように、イゴールは呟く。

「俺にはできるんだ！　絶対にできるんだ……、総帥のために！」

ぶつぶつと。まるで呪文でも唱えるように。

（そうか……、これってもしかして、自己暗示か……？）

ふと、基樹は閃いた。催眠術が使えるのなら、自己暗示をかけることもできるはず。

本来のイゴールは、無愛想だけど、真面目で誠実な青年だ。なのに、ドゥンケルの一員として、意に染まない仕事をしなければならない。それは、どれほどの負担だろう。つらくて、苦しくて、それでもやらなければ、自らの存在価値がなくなる。

だから必死に、自分は悪の存在だと言い聞かせて、自己暗示によって闇の人格を作り出しているのかもしれない。それはイゴールの本性ではない。誰かに教え込まれ、そうあるべきと後付けされた冷酷な者――だから本来のイゴールにはそぐわず、分裂しているように見えるのだ。

必死に考えているあいだにも、イゴールから感じる闇の色は濃さを増していく。

逆に、イゴール自身のラベンダー色は、どんどん薄れていっている。まるで、影の中に呑み込まれていくように、儚《はかな》く消えそうになっている。

（消してはダメだ、あの色を……！）

基樹が渡した手袋を、大事に持っていた青年。ほんの小さな優しさを心に刻んで、基樹に危害を加えることに悩み続けて、こうしているいまも、悪になりきれない青年。

（それなら手はある。イゴールの良心に訴えればいいんだ！）

本来のイゴールに迷いが生じれば、徐々に明確になっていく闇の色を薄れさせることができるはず——と理屈では考えられるのだが。

（これは……、僕の戦いだ！）

自分が自分であるための。他人にはない共感覚を持ちながら——人目ばかりを気にして、うつむきながら逃げ回っていた基樹が、自分の力を誇りにして生きていくための戦いなのだ。

「き、きみには、無理だ……。僕を操ることはできない……」

最初の一言を噛んでしまったし、声も無様《ぶざま》に震えているが、それでも恐怖を抑え込んで口を開くことはできた。

「いまさら強がりを言っても、無理だよ。栗原基樹さん、あなたは日本に帰るんだ」

「それで、僕を操れると思っているなら大間違いだ。それは僕の名前じゃないっ……！」

「え？」

「栗原基樹は仮名だ。両親がつけてくれた名前じゃない。だから、きみは僕を操れない。本当の名前を知らない以上！」

「な、なに……？」

「人を操るには、真実の名前を知らなければいけない。たとえどれほどすぐれた術師でも、肝心の魂の名前を知らなければ、操ることなどできはしないんだ」

こんな屁理屈《へりくつ》、普通なら通じはしない。だが、イゴールはウォルフヴァルトの人間だ。その存在自体が伝承である秘密結社の一員だ。それならばよけいに、迷信に惑わされる。

「きみは僕の名前を知らない。でも、僕はきみの名前を知っている。イゴール・コルネリウス、いまのきみは、自分をドゥンケルだと思い込もうとしているだけだ」

じわじわとイゴールの目が驚愕に見開かれていく。いまだ、と基樹はたたみかけて叫ぶ。

「それにいいのか？　僕は、フリードリヒ殿下の祝福を受けた者だぞ！」

「────…!?」

想像どおり、フリードリヒの名が出たとたん、あれほど強烈に感じていた闇の色が揺らいだ。ドゥンケルは大公家の命にだけ従って動く、とユリウスは言っていた。

グスタフ大公や皇太子は、秘密結社になど縁はないかもしれない。だが、ヴァイスエーデルシュタイン家には、誰よりも勇猛果敢で、民に畏怖される第二王子がいる。危険な秘密結社であろうと、利用価値があるなら使う──それくらいの割りきりはできる男だ。

だが、フリードリヒが総帥とやらなら、基樹の拉致《らち》を命じるはずがない。

ならば、これは単独犯。イゴールが勝手に動いているだけ。それならつけ込む隙がある。

「ほらみろ。きみはそんなことすら知らない。僕がウォルフヴァルトに来た夜、歓迎会にはフリードリヒ殿下も足を運んでくださった」

「あ、あれは……総帥が、公爵への義理で……」

「そうじゃない。僕を祝福するために来てくださったんだ。本気でここで生きようとする者は誰であろうと歓迎する、と。──そう言ってくださった殿下に、逆らうようなまねをするのか？」

「そんな、まさか……？」

「だったら、総帥にお訊きすればいい。栗原基樹を知っているかと！」

じりっ、と一歩、イゴールは後退る。

「あ、あの方は……俺などが、直にお話しできる方ではない」

やはり、と基樹は思い、さらに強くイゴールを睨みつける。

フリードリヒ直々の命令を聞けるほどの立場ではないのだろう、たぶん。

二十一世紀のこの時代に、大公家と貴族と平民がいて、当たり前のように身分を意識しながら、その役割を果たしている国なのだ。秘密結社ともなれば、ドゥンケル内部にはさらに明確な命令系統があるはず。総帥との連絡は上層部のみが行い、イゴールのようなまだ年若い者は、上から指示された仕事をこなすだけなのではと思ったのだが、それが当たりだったようだ。

「だったら、これは誰の命令だ？　誰が僕を拉致しろなどと命じた？」

「わ、我らには自発的な諜報《ちょうほう》活動が、許されている……」

「フリードリヒ殿下の祝福を受けた者を、拉致することも、許されているのか？」

「………！」

イゴールは答えない。答えられないのだ。

見る見るうちに闇の気配が薄れていって、本来のイゴールであるラベンダーの柔らかな色にとって代わられていく。少年のように純粋で一途で、だからこそいったん組織に属してしまえば、

自分自身を変えようとも、その教えに従おうとする。

ゆえに、基樹に秘密を知られたことを恐れ、そしていま、フリードリヒの名に怯えている。

「そこまでにしておけ」

そこに、タイミングを狙いすましたように、割り込んできた威厳たっぷりの声。

「それ以上追いつめると、その者は自決でもしかねないぞ」

言いながら階段から下りてきたのは、まさに、フリードリヒその人だった。

金髪碧眼、誰が見ても『白馬の王子様』そのものの優雅さで、だが、その一方で、恐怖の象徴のような秘密結社まで操る存在——ウォルフヴァルトの炎の王子。

「さて、イゴールとやら、私は公国内でのドゥンケルの暗躍を許しておらぬ。ウォルフヴァルトは我が祖国、我が血肉ぞ。我と我が身を傷つける者がいようか。貴様《きさま》のしたことは、私の身体を抉るに等しいことと思え」

フリードリヒの一言で、震え青ざめたイゴールは、がくりとその場に膝をついた。

すでに闇は消え、天上の存在のごとき主を前に、自らの罪に震える一青年でしかない。

「お、お許しを……」

敬愛する王子に向かって額《ぬか》ずくように身を屈め、両手で頭を抱えて呻《うめ》く。

「許すかどうかは、基樹の主に訊くがよい。すべてを決めるのはヴァイスクロイツェン公だ」

くい、とフリードリヒは、顎で背後を示した。

そこに、凍りついたような無表情のユリウスの姿があった。

いつも基樹に優しく触れてくる純白は、いまは氷柱のように冷たく、その場の空気を切り裂いているのに、その瞳は、怒りに、嫉妬に、憎悪に燃えたぎり、イゴールを見下ろしている。

「だ、だめだ……、ユリウス！　危害を加えられたのは俺だ。処分も俺に決めさせて！」

「ギュンターとアルフォンス——それに他の家令にも、なんらかの暗示をかけたようだし、私が処分を決めるのが妥当だろう」

ユリウスは基樹の縛《いまし》めを解きながら、ひやりとするほど、抑揚のない声で告げる。

こんなときには思わずにいられない。本当に危険なのは、イゴールでも、ドゥンケルでもない、ユリウスだと。

公国のためにもだが、基樹のためにも、全身全霊を懸ける、この誇り高き騎士こそが、もっとも美しく恐ろしい生きものなのだ。

「イゴールなにがしといったか、彼には相応の贖罪《しょくざい》をしてもらう」

冷ややかに言いつつユリウスは、うずくまるイゴールの前に立つ。

「フリードリヒ殿下の沙汰を聞いたな。いまから私は、おまえに償《つぐな》いを要求する。基樹を拉致し、怯えさえた、その心的苦痛に対して償いをするのは当然のこと。それも、独断専行ゆえ、ドゥンケルの者としての特権も剝奪《はくだつ》される」

返事はせずに、ただ深々と頭を下げることで、イゴールは応える。

ユリウスは帯剣の柄を握り、一気に引き抜く。白刃《はくじん》が大きく半円を描いたと思うと、鋭い切っ先がイゴールの肩の上で、ひたりと止まる。

「おまえが基樹に与えた苦痛のぶんだけ、今度は基樹に安寧《あんねい》を与えよ。これよりさき、その身を盾とし、自らの命を守るように、基樹を守ると誓うか？」

「えっ？」

驚きの声をあげたのは、基樹だった。

ついさっきまで、基樹を狙っていた者に、今度は基樹を守れと命じる——それも、剣先を突きつけての脅しである。基樹にはそう見えた。見えたのだが、実は意味が違っていた。

ゆるりと顔を上げ、イゴールは不思議そうな表情で、ユリウスを見上げる。

「俺に……そんな、栄誉を……？」

「ドゥンケルの者としての誇りがあるなら、自らの行動で自らの過《あやま》ちを正すがいい。決してその姿を現すことなく、常に影としてあれ。イゴール・コルネリウス、盟約するや否や？」

「……盟約、いたします」

ひゅっと息を呑み、イゴールはようやく、それだけを絞り出す。

それを受けて、ユリウスは剣の峰でイゴールの両肩を叩く。

「戦いの守護聖人、聖ゲオルクの名において、我、ユリウス・フォン・ヴァイスクロイツェンが、公爵の権限により、汝《なんじ》、イゴール・コルネリウスを、栗原基樹の騎士《リッター》となす」

たったそれだけ——それが騎士《リッター》を授爵するための儀式。それだけのことが、でも、闇に生きることを運命づけられたドゥンケルの者に、至上の名誉を与える。

そのことが、跪《ひざまず》いたまま驚愕と歓喜に瞳を輝かせていく、青年のようすでわかる。

基樹が捉えるイゴールの色、春を迎え、いっせいに咲き誇っていくラベンダーの香りさえ感じそうな、鮮やかな輝き。

もう二度と闇に身を沈める必要はない。正しい任務のためだけに生きることができる、それがドゥンケルの者にとっては、どれほどの喜びなのか。

「なるほど、そうきたか」

フリードリヒは、自分の役目を横取りされたと、皮肉に笑んだ。

「まあ、よかろう。どのみちドゥンケルの役割は決まっているものではない。ユリウスにしてはまともな采配だ。私にも否やはない」

はっ、とイゴールはフリードリヒを振り仰ぐ。ドゥンケルのもっとも高処に座する存在を。

「イゴール・コルネリウス、栗原の騎士となり、真心を込めて尽くすがよい。ドゥンケルの総帥として、また大公家第二王子として、フリードリヒ・フォン・ヘルツォーク・ヴァイスエーデルシュタインが、許す」

フリードリヒの言葉に打たれたように、深く深く膝を折る。祈りを捧げるがごとくに。

勝手に決まっていくあれこれに、基樹は目を丸くする。

「や……あの、守ってもらうのはありがたいんだけど、それじゃあ、一生を縛りつけることになるんじゃ……?」

「遠慮することはない。ウォルフヴァルトの騎士にとって、生涯かけて尽くせる姫を得られることほど、名誉はない。ドレス姿でないのは残念だが、その程度でイゴールの忠誠は揺らぐまい」

勝手に納得するフリードリヒに、ユリウスがムッと眉を寄せて、言い放つ。

「待てフリッツ、誰が姫だと?」

「自分で騎士に任じておいて、それを言うか。栗原に決まっておろう」

「姫の騎士という意味ではない。あくまで基樹のためだ!」

「いいや。イゴールはすっかりその気だぞ。自分で恋敵《こいがたき》を作るとは、余裕だな。できれば、手の甲へのキスくらいは許してやるべきだが、狭量《きょうりょう》な男では無理というものか」

「誰が許すか! 手の甲どころか、基樹は髪の一本まで私のものだ!」

またまたはじまったユリウスとフリードリヒの不毛な言い争いに、そんな場合ですか、と基樹は割って入る。

「論点がぜんぜん違ってるよ。ここはイゴールの意志を尊重して、年契約とか……」

現実的な意見を言いつつ、ついさっきまでイゴールが跪いていた場所を、振り返った基樹は、あれ? と頓狂《とんきょう》な声をあげた。そこに青年の姿はなかった。階段を駆け上がった音すらさせず、姿を消してしまっていたのだ。

「ど、どこに、イゴール……？」

まるで忍者みたい、と唖然《あぜん》とあたりを見回す基樹に、ユリウスは探すなと言う。

「私の命を聞いていなかったのか？　姿を現すことなく、常に影としてあれ、と誓わせただろう。きみは二度とイゴールの姿を見ることはない」

「え……？　ＳＰとは違うの？」

「まったく違う。イゴールの姿を見れば、きみは否応なしに守られていることを意識するだろう。きみの日常に入り込むことなく、どこかからひっそりと守る、それがあれの役目だ。――あれは、二度ときみの前には姿を現さない。現さずに、そしてきみを守り続ける」

「そんな……」

誓いの言葉など、一種の形式的な文言かと思っていた。

（姿も見せずに俺を守る……本当にそんなことができるんだろうか？）

だが、目を逸《そ》らした一瞬の隙に姿を消したことを考え合わせれば、たぶんできるのだろう。

「それじゃあ……お礼も言えないじゃない」

「きみも人がいいな。本来ならフリードリヒの命に背いた段階で、ウォルフヴァルトから追放されるべきところを、新たな使命を与えられた。ドゥンケルの者は、なんらかの使命を帯びていなければ、生きる意義を失う。――それも、人を害するのではなく守護する任務だ。むしろ喜んでいるだろう」

唯一の姫君を陰ながら守護する栄誉を、騎士の誇りとともにその胸に刻んで。

フリードリヒもそれにうなずき、基樹の肩を叩く。

「あれの父親も、また才長《さいた》けた男であった。命懸けで大公家を守って逝った。惜しい男だったが、息子にすべてを残してくれた。――おまえは、ドゥンケルの中でもっとも有能な者を、騎士として得たのだ」

「でも、それで……イゴールは満足なんですか？」

基樹にはわからない。ドゥンケルに生まれた者の幸せがどこにあるのか。

それでも、フリードリヒ王子と、ユリウス――二大公爵家の者直々に騎士と認められることがどれほどの名誉かは、なんとなく想像できる。

「あれに声をかけてやりたいなら、いつだろうと、名を呼んで話しかけてやればよい。返事はなくとも、かならずあれはおまえのそばにある」

「それ……周囲から、ぶつぶつと妙な独り言を呟いてるように見られませんか？」

「確実にそう思われるな」

フリードリヒは、他人事とばかりに面白そうに笑う。

「迷惑をかけたな、栗原、私からもわびておく。――こちらには問題が山積だ。まずはイゴールにヴァイスクロイツェン家の監視を命じた、バカどもを処罰せねば」

わびるにしてはふんぞり返った物言いに、ユリウスが苦言を呈する。

「もっとも恐ろしい敵は、うちにありです。まずは国内の派閥の対立をなくさねば」

「ふむ……。おまえの活躍が目立ちすぎるのが、問題だと思うが」

「なんの、私なぞ。いちばん過激なのは、殿下の派閥だとおわかりか？」

それには異論はないらしく、フリードリヒは苦笑で答える。

「わかっている。皇太子派との反目は激化するばかりだ。私が、兄をないがしろにするはずなどないと、なぜわからぬのか……。もっとも、連中を鎮《しず》める方法がなくはないと、今回のことでわかった。感謝するぞ、基樹」

一人で言って、一人で納得して、フリードリヒは踵を返した。

「それは、どういう……？」

思わず、基樹とユリウスは顔を見合わせて、問うた。

「まあ、それはあとのお楽しみだ。一発逆転のあっと驚く大団円を見せてやる」

お楽しみは秘密のほうがいい、とフリードリヒはひらりと背中で手を振った。

フリードリヒ曰《いわ》くの、一発逆転大団円に国内があっと驚くことになるのは、ウォルフヴァルトが春の息吹に溢れるころであるが、それはまた別の話。

5

中世そのままの外観を頑迷《がんめい》に残したローエンタール城だが、内部は現代の生活にあったように改築がなされている。特に昔は入浴の習慣がなかっただけに、バスルームはユリウスの好みで、新たに増設されたものだ。

全体が総大理石仕上げで、カランなど金属部分にだけ、金メッキが施されている。古代ギリシャの共同浴場のような、巨大な円形のバスタブは、二人だけで使うには、もったいなさすぎると、基樹は入るたびに思っている。

周囲の壁は、あえて岩肌ふうにごつごつと仕上げてある。その一角、定番のライオンの彫像が、滔々《とうとう》と湯を吐き出している。これがバスタブより二メートルほど上に、突き出すように設えられているため、まるで小さな滝のように見えるのだ。

シャワー代わりというところなのだろうが、その下に座して頭から湯を被っていると、沐浴《もくよく》をする行者の気分になってくる。

だが今日ばかりは、そんな神聖さとは無縁だ。

ユリウスは礼服の上着だけを脱衣所に放り出し、基樹はそのままの姿で横抱きにして、鍾乳《しょうにゅう》洞《どう》を思わせる浴室へと連れ込んだ。どんな理由からにしろ、他の男が基樹に触れたのが許せないのか、ざぶざぶとバスタブの中に入っていく。

ライオンの口から降り注ぐ湯が、一気に服を濡らしていく。そこへ基樹を立たせると、セーターを脱がせ、ワイシャツの前をボタンを外すのももどかしく、引きちぎるように開く。

乱暴な行為とは裏腹に、ピーコックグリーンの瞳には、ようやく基樹をとり戻したことへの、安堵が満ちている。それでも、まだわずかに不安を残したユリウスの唇が、基樹の無事を確認するように、額から瞼へ、鼻先へ、頬へと撫で下りていく。

「本当にきみは私を心配させるのが、巧すぎる」

くいと顎を上げられて、耳朶を食みながら囁かれる。ねっとりとした舌の感触がずれて、互いの唇が重なりあう。

最初はついばむだけだったそれは、すぐにも濃厚なものとなって、犯されるように舌先を搦めとられ、きつく、きつく、吸われる。

(ああ……、ユリウスのキスだ……)

もしかしたら二度と味わえないかと思っていたぶん、二人の行為に余裕はない。一秒でも惜しいと夢中で唇を重ね、貪るように求めあう。

角度を変え、食みあわせを変え、舌を吸いあう。

飢えた狼の獰猛《どうもう》さで蜜をすすり、でも、公爵たる夫の優しさで、その何倍もの愛撫を感じやすい口腔内へと返してくれる。

そうしているあいだにも、延々と降り注いでいる湯が、肩から背へ、腰へ、足へと流れ落ちて、恐怖に凝《こご》っていた身体を、やわらげていく。

ユリウスのもう一方の手は、基樹の肌を撫で回しながら背を滑っていき、そのさきで邪魔なだけのスラックスを器用にずり下ろすと、さらに下着の中へまで入り込んでいく。

大きな手のひらで尻の肉をわしづかみにされて、痛いほどに揉みしだかれれば、自然と息が上がっていく。そうして溢れた吐息も唾液も、深く重なり続けるユリウスの口に呑み込まれていくだけなのだが。

ひとつたりとも逃さないと、食らいついてくる男の情動に、息苦しささえ感じてくる。

それでも、逞しい胸に抱かれることでようやく落ち着きをとり戻してきた基樹は、より深くユリウスの感触を味わうために、じっとりと湯に濡れたシャツを脱がせはじめる。

前を開き、首筋から胸元へと手のひらを滑らせていったとき、左の胸板の上で、どくどくと激しく高鳴る鼓動を捉えた。

(ごめん……、心配させちゃったね……)

こんなことになるのなら、ユリウスの忠告に従っておけばよかった。

いや、最初に会ったときからイゴールは、基樹の態度を訝っていたのだから、いずれはこういう羽目に陥《おちい》っただろう。

人の名前に色を見る力があるかぎり、このさきも同じようなことはおこるはず。

それを考えれば、最初に出会ったのがフリードリヒに忠誠を誓うドゥンケルの一員だったのは、むしろ不幸中の幸いだったのかもしれない。

これからさき、きっとイゴールは基樹の目に触れないところで、忠実に職務を果たしてくれるに違いない。いままでのように、自己暗示で陰の存在になりすまさねば遂行することができないような卑劣な仕事ではなく、敬愛する姫君を守る騎士の誇りを胸に抱きながら。

ある意味、最高のボディガードを得たのだから、結果オーライだったのだが、それはすべてが上手くいったからで、基樹がさらわれるという恐怖を味わったユリウスにしてみれば、とうていそんなお気楽な心境にはなれないだろう。

腕の中にいる愛する者の存在を、さらに確かめるように、基樹の肌のあちこちを撫でさする手のひらがいつもより冷えているようで、不安の大きさがいまさらながら伝わってくる。

それでも、鍾乳洞の中のような安全な場所で、絶え間なく注がれ続ける湯に温められて、徐々に二人の緊張もほぐれていく。

ユリウスの手はより大胆に動き、双丘の奥の柔襞をひとつひとつ確かめるようにしながら、敏感な蕾《つぼみ》を暴きはじめている。

中心を突っついては離れ、周囲の皮膚をくすぐり——そのたびごとに、むずがゆいような感覚がぴりぴりと肌を走り、基樹の息を弾ませていく。

ついに、くすぐるだけでは物足りなくなったユリウスの長い指が、滴《したた》る湯を伴って、じわりと窄まりの中へ入り込んできた。指先一本の異物感でしかないのに、敏感な粘膜はその存在を強く意識して、蠢きはじめている。

出入りする指先の悪戯にさえ感じて、基樹の尻があさましく揺れる。

「あ、んっ……」

口づけのあいだから漏れる喘ぎは、やけに甘ったるく、大理石の壁に反響していく。

普段は恥ずかしいほどに粘着質な音の数々も、いまは流れる湯の音が消してくれるから、遠慮もなく貪ることができる。

たっぷりと湯を吸ったスラックスは、その重みでずり落ちて、いまはふくらはぎにまとわりついたまま、湯の中で揺らめいている。

下着も太腿まで下ろされて、尻も性器も、丸出しという状態だ。

わずかに引っかかったままのシャツの裾は、腰下まで隠すのにじゅうぶんな長さはあるのだが、そこはユリウスの手で持ち上げられているから、なんの役目も果たしていない。

延々と続く、口腔内への刺激と、背後への悪戯のおかげで、身のうちに溜まっていくばかりの熱の発露《はつろ》を求めて、性器は見る間に頭をもたげていく。

「ふふ……。あさましいね、もう前をそんなにして」

口づけの合間に、お得意の揶揄でからかうユリウスの、濡れて肌に張りついたトラウザーズの前も、みっちりと膨《ふく》らんで、そのうちにある情動の存在を伝えている。

「ねえ、もしかして……、俺を試してた……？」

ふと思いついた疑問を、基樹はおずおずと口にする。

「試したわけではない。だが……きみが帰りたいと言ったときには、手放してあげられるだけの距離をとっていたのは、確かだ」

言い訳しつつ、ユリウスは後孔を穿っていた指をゆるりと引き抜いた。

「ん……」

甘い吐息をこぼした基樹の鼻の頭に、ちゅっと小さなキスが落ちてくる。

「きみを信じていなかったわけではないが。――もしかしたら、きみのほうが身を引く可能性も、なくはないと思ったのだ。きみは、優しい人だから……」

もっとも厳しい冬の季節に連れてきたのも、連れてくるべきではなかったのかもしれない、などと本音とも思えぬことを言ったのも、基樹がウォルフヴァルトに嫌気がさしたときのための布石だったのかもしれない。

「どれほど危険を語ってみても、実際にこの地にこなければ、それを身に染みて感じることはできなかったろう。だが、これがウォルフヴァルトの現実なのだ」

「うん」

「きみにとっては、想像外の出来事ばかりだっただろう。独立して二十余年、ようやく穏やかな日々を実感できるようになってきたが、それでも危険が去ったとは言いがたい」

「俺も、わかってなかった。あんなに言われたのに……」

いままでユリウスが強大でいられたのは、孤高だったからだ。

なにも守らねばならないものがないからこそ、どんな無茶もやってこられた。

そんなユリウスが愛を知った。

守りたい者を、得てしまった。

それは、否応なしにユリウスの弱みになる。

自分の存在がユリウスの邪魔になるくらいなら、基樹は身を引くほうを選ぶ——その可能性をユリウスは憂慮していたのだろう。

「外敵の脅威が排除されれば、かえって内部抗争が激化する。派閥争いはいっこうになくならない。ドゥンケルのような秘密結社も存在する。なにより、戦い好きの民族が戦いを忘れることができるとは、私には思えない」

「そうだね……。それは同感だ、僕も」

誰より、ユリウスこそが好戦的な民族の本質を、その身のうちに持っているのだから。

恐怖と優美とを併せ持った、最強の騎士。

この逞しい腕に抱かれて、それがわからないはずはない。

「この世は……きれいごとだけでは回らぬものだ。愛ですべてが乗り越えられるなら、父と母が行方知れずになることもなかっただろう。だが、同じ立場に立てば、私もきっと同じことをする。

誰よりもさきに、自ら危険に飛び込んでいく」

「うん。ユリウスなら、そうするね」

「だから、きみに強要することもできない……。どれだけ愛していても、こんな私のそばにいてくれとは……」

「——いまも、そう思ってる？」

基樹の問いに、ユリウスは、無理だ、と激しく首を振る。

「いや、もうだめだ……。どんなにきみがいやがっても、離してやれない……！」

その証拠とばかりに、基樹を抱き締める腕にいっそう力がこもる。

「きみがイゴールにさらわれたかもしれないと思ったとき、そんな冷静さは吹っ飛んでしまった。よくもきみを日本に帰すことなど考えていたと、本心から自分の愚かさを呪った」

「……ユリウス」

「きみの居場所を探してくれと、フリッツに頭を下げたときでさえ、悔しさのかけらもなかった。ただ、きみを無事にこの腕にとり戻すと、そのことしか考えられなかった」

「ごめん、俺……心配させたね……」

「ああ。一生ぶんの心配をした。だから、今夜はお仕置きを覚悟しろ」

宣言とともに、基樹の身体をひっくり返して、流れ落ちる湯のさらに奥、岩を模《も》した壁に押しつける。ひやりとした大理石の壁が、基樹の頰に溜まった熱を吸いとっていく。

「あ……、後ろから……?」

戸惑いつつ基樹は、背後の男を肩越しにうかがう。

「そうだよ。これはお仕置きだから、たっぷり後ろから犯してあげよう」

お仕置きと称しては背後から、ご褒美《ほうび》と言っては前から、どちらにしてもユリウスは基樹を抱くのだ。繰り返し、繰り返し……。

だが、今回のお仕置きは、本当になにやら含みがありそうだ。

ユリウスは自らの前を開いて、昂《たか》ぶる性器をとり出すと、この怒りを知れとばかりに、基樹の小さな窄まりに押しつけてくる。そこはたっぷり湯に濡らされ、やわらげられて、暴慢な侵入者の到来を待ちわびるように、ひくひくと伸縮している。

とはいえ、今日のユリウスは、いつも以上に逞しい。押し当てられた先端の感触だけで、常より発熱していることがわかって、無意識に身体が逃げを打つ。

それを許すまじと、回り込んできたユリウスの手が、基樹の胸元をまさぐる。

そこには、すでにプッチリと身を堅くした、ふた粒の突起がある。

卑猥な形に立ち上がったそれを、悪戯な指が容赦なく押し潰す。片方を爪を立てていたぶりながら、片方を指の腹でクニュクニュと揉みしだかれて——鋭い刺激と、くすぐったいようなむずがゆさが、両方の乳首から交互に湧き上がってきては、基樹を官能に喘がせる。

そうやって胸を弄られれば、否応なしに身のうち深くの埋《うず》み火が、燃え上がる。

もっと欲しいと蠕動する内部は、勝手にほぐれていくのに、押し当てられたユリウスの熱塊は、入り口付近で遊んだままだ。いま優先されるべきは、基樹の乳首のこりこりとした感触を味わうことだ、とでも言わんばかりに。

「んっ……、焦らさ、ないでっ……」

「欲しいのか？　だが、これはお仕置きだからな。すぐに与えては意味がない」

「ああ、そんな……」

基樹が失望のため息を落としたとき、それは突然、肉の隘路《あいろ》を広げながら侵入を開始した。

「……ひ……、あ、ああっ――……!?」

いきなりの挿入に、びくんと大きく身震いして、ひりついた悲鳴が喉を灼《や》く。

だが、驚いたのは一瞬だった。あまりに想像外の体験をさせられた身体は、恐怖の記憶を忘れようとするかのように、もっとも手近な快楽にしがみついていく。

なんて短絡的な身体だろう、と恥じ入る基樹だったが、それはユリウスも同じだった。

挿入されたものの圧倒的な質量と堅さが、ユリウスの興奮を明確に伝えてくる。基樹の内壁は、それを感じとれるくらいに、すっかり愛しい男の形を覚え込んでしまっているのだ。

いっぱいに開いた笠の部分で敏感なポイントを、荒々しくこすられると、もうだめだ。もっととうねる粘膜がきゅうっと狭まって、埋め込まれたものに巻きついていく。

「ふ……。なまいきに、私を締めつけるとは……」

焦らすように、貪欲な締めつけを続ける入り口へと引いていった先端が、そこを無理やり広げるように、ぐるりと大きく円を描く。身を引き裂かれる恐怖より、満たされない最奥の疼きに焦れて、基樹は掠れた悲鳴をあげる。

「あ、ああっ……、も、もっと、中っ……」

「ん？　なんだって？」

「はぁ……。もっと奥に、欲しい……」

疼く熱を持てあまし、自ら尻を蠢かせながら基樹は、羞恥もなにも振り捨てて、たったひとつのものを求める。みっしりと中を満たしてくれるものの到来を。

「も、もっと、奥を……突いてっ！」

「ふふ。きみはそんなにお仕置きされるのが、好きなのか？」

「ああ……。好き……大好き……」

その答えに満足したのか、いっぱいに怒張した先端が一気に距離を詰めた思うと、最奥を抉るように、ずんと激しく突き上げてくる。

「く、はぁぁっ――……！」

すさまじい衝撃に、両手と頬を壁に押しつけて、基樹は掠れた悲鳴をあげる。

全身がぶるっとあさましく弾け、熱くただれた粘膜は、まるで咀嚼するような音を立てながら、中を満たしたものに嬉々として絡みついていく。

大胆な抽送に合わせて、背を流れ落ちた湯が、交合部のわずかな隙間から入り込んで、敏感な内部をさらに熱していくような気がする。

その中心にある、ユリウスの性器もまた、いつも以上に情熱を撒き散らしている。

「やあっ……、あ、熱い……！」

「粘膜は敏感だから、熱く感じるだけだ。いや、それとも、私の嫉妬の炎のせいか……」

「あ、はあっ……、し、嫉妬って……？」

なんのことかと肩越しに振り返れば、そこにユリウスのどこか憮然《ぶぜん》とした顔がある。

「私がきみにあげた手袋を、イゴールにあげたね」

「あれは……ごめん。だって、すごく冷たそうだったし……。それに、嫉妬って……イゴールは、まだ十八の子供だし……」

危機感のない基樹の言葉に、ユリウスはムッと眉根を寄せる。

「じゅうぶんに男の目をしていたぞ、あのガキは。一生をかけて仕える姫を、ついに得たと歓喜している騎士の目だった」

「だって、あれは、ユリウスが騎士に……あっ、ひいっ——……!?」

基樹の言葉を封じるように、ユリウスは大きく腰を回しながら鋭い突きを食らわせてくる。

「くっ、あのガキめ……！」

ああするのがいちばんだった。それはユリウスもわかっている。

使命を持たせることで、イゴールは最強の味方となったのだ。このさき、ユリウスが命じたように、きっと基樹を守り続けるだろう。その判断は間違ってはいない。

だが、理性でどれほど納得しても、感情はそう簡単に言うことを聞いてくれない。

ユリウスは湧き上がる嫉妬を抑えることもできず、ぱんぱんと肉打つ音を響かせながら律動を速めていく。同時に、胸元への悪戯も再開する。

「あ、やあっ……」

まっ赤に熟しきった乳首は、触れられるだけで、ぴりっと緩い電流でも流されたような痺れを放って、濡れて艶めく基樹の肌をさらに火照らせていくのだ。

快感のままに熱を上げていく身体にすがりつくかのように、いっそう交合を深めながら、ユリウスは基樹のうなじに、安堵とも懇願ともつかぬため息を落とす。

「もう決して、私の目の前から消えるな……！」

ユリウスの全身全霊の叫びとともに打ちつけられる、痛みと紙一重の快感が、まるで悲鳴のように基樹に訴えかけてくる。

「私は……二度と、大事な者を失いたくはないのだ」

両親が行方不明になって二十年あまり、独りで公爵の名を背負ってきた、男の悲哀。

話には聞いていたが、それがどれほど孤独なことか、基樹は本当には理解していなかった。

そのことをいま、憤りも、失意も、哀しみも、すべてをいっしょくたにして、打ちつけてくる男の激しさが教えてくれる。

基樹には家族がいる。どれほどうとまれようと、連絡すらとりあわなくなろうと、あの平和ボケした国で、変わりない毎日をすごしているだろうことは、想像がつく。

だが、ユリウスには、一片の希望もないのだ。

あの激動の時代に、壁の向こうに渡って行方不明になった以上、それは死と同義だ。

わかっていても認めたくはない――そうやって必死に鎧《よろ》ってきた矜持が、ついに崩壊しかけているのだ。

もうこれ以上、独りでは頑張れないと。

まるで、がんぜない子供のように基樹を求める。

誰の前でも泣くことのできなかった男が、涙こそ見せないが、でも、確かに泣いている。

泣いても、わめいても、失ってしまったものが戻ってくるわけではないのに。

それでも、なにかを探して、必死に求めて、心の隙間を埋めようと足掻《あが》く。足掻かずにいられない男の寂しさを、基樹はもっとわかってやるべきだった。

公爵の名や、紳士の顔にだまされずに、もっとユリウスの心に入り込むべきだった。

基樹なら、それができる。できるはずなのだ。

ユリウスから感じる純白――あれはまだ言葉も定かに理解できない無垢な赤ん坊の色に果てしなく近い――それを感じることのできる基樹なら。

「基樹……！　私はもう、きみを手放せない……。手放せないことが、わかってしまった、今度のことでっ……」

「あっ……ユ、ユリウス……」

「だからもう逃がさない。泣こうがわめこうが……。もしも逃げようとしたら、この城の地下牢に放り込んで、一生、飼い殺しにしてやる」

宣言するなり、ユリウスは基樹を貫《つらぬ》きながら、手を振り上げた。

ぱん、と平手で尻を打たれる音に、基樹は息を呑む。

「あうっ……！」

それほど痛いと感じたわけではないが、そういう行為をされたことに、ひどく動揺する。

ユリウスはそこまで深く傷ついている。そして、嫉妬している。

「私のものだ、この身体は！　他の誰にも見せることは許さない。そして、二度と誰に触れられることもだ！」

言い放つ男から、またひとつ平手を食らう。さして痛みのないそれは、むしろ愛撫のようだ。

「私だけのものだと、誓え！」

乱暴なまでの命令口調も、嬉しいだけだ。

公爵の威厳も、騎士の忠誠も、なにもかも振り捨てて、ただの男でしかないユリウスとして、基樹を求める。まるで、子供のような身勝手さで。

「ああ……誓う、誓います……」

その余裕のなさが嬉しい。いつでも日本に帰っていいなどと、手放すことばかり考えていられるより、夢中で縛りつけられるほうが、ずっと嬉しい。

「おまえは誰のものだ？」

「あなたの……ユリウスのものです……俺は、この身体は……！」

訴えるたびに、後孔を犯すものはずくりと脈動し、いっそう激しく漲って質量を増していく。

「……ッ……、ああっ!?　ウ、ウソ、ま、まだっ……」

大きくなるの、と声には出せなかった。全身から汗が噴き出し、ひゅっと息だけの嬌声が鍾乳洞のようなバスルームに響いていく。

巨大な質量が、その存在を示しながらゆらゆらと蠢く。焦れて疼く粘膜は、悦《よろこ》びをいっぱいに表しながら収縮し、間断なく送り込まれる刺激を貪っていく。

「や、はっ……お、大っきい……」

「むろんだ。これが私の怒りと、そして愛の大きさだと知るがいい」

みっちりと隙間なく中を満たしたものが、意地悪く退いていくのを感じて、内部はそれを逃がすまいと必死に窄まり絡みついていく。

それでも、両手でしっかりと腰を押さえられているから、追っていくこともままならず、内部にぽっかりとできた空隙《くうげき》を疼かせることしかできない。

「さあ、たっぷりと味わうといい。私のお仕置きを」

くくっ、と揶揄した男が再び前立腺を掠めるように腰を進めてくると、窄まりの周囲の柔襞までもが一気に中心に向かって押し込まれ、ごぼっと体液が溢れていく音がするのが、すさまじく恥ずかしい。

「あっ、あっ……壊れちゃう……！」

「いっそ、壊れてしまうがいい。そうすれば、永遠に私だけのものだ……！」

物騒なことを本気で言いながら、さらに律動を激しくする男に、ひたすら揺さぶられて、奥を突かれて、基樹は悲鳴じみた嬌声をあげる。

「や、ああっ――……！」

なのに、熟しきった内壁はそれさえも嬉しいと、あさましい蠕動でもって迎えている。

「くっ！　キツすぎるぞ……。少し緩めろ」

こんなときにでも負けたくないと思うのか。一秒たりとも基樹より先んじてしまいたくはないと歯を食いしばる男のハスキーな低音が、悔しげに、そして、嬉しそうに唸《うな》る。

「明日……いや、明日はきみは立てないな。――明後日だ、本当の結婚の誓いを挙げよう」

「え？　結婚式はもう、来た日に……」

「二人だけで、と以前に言わなかったか？　神と祖先達の御前での、本当の夫婦の誓いだ」

うっとりと言いながら、ユリウスはここぞとばかりに、情動の塊を突き入れてくる。

「あっ、あっ、ああっ――……！」

「私の攻めを、じゅうぶん受け止められるだけの身体になった……。きみこそ、心も身体も私にふさわしい者だ……！」

ぐいぐい、と最奥を突かれては嬌声をあげ、掻き回されては腰をうねらせる、遠慮なく攻め立てられて、そのたびごとに灼けるような官能に包まれていく。

理性を凌駕《りょうが》した本能は、好き勝手に基樹の身体を操って、いちだんと深まる律動に合わせて、埋め込まれたもののすべてを味わおうと、きつく内壁を絞っていく。

そのたびに結合部分から、ずぶずぶと淫靡な音が響いてきて、すさまじい速さで鼓動が跳ね上がっていく。急《せ》くように抜き差しを続けるユリウスの息も、ひどく乱れて、吐精が近いことを示している。

「……な、中でっ、ユリウス……！　っああ――……！」

必死に思いを紡ごうとしても、もうまともな言葉にさえならないほど、ぐちゃぐちゃにされて、基樹はひたすら大理石の壁に熱い息を吐きかける。ぐわん、と耳鳴りがするほど心拍が乱れて、きつくつむった眼裏が、充血したようにまっ赤に染まる。

「くっ……、もう、出るっ……！」

耳朶を食むユリウスの呻きに呼応して、忙しなくなるばかりの呼吸音も、みっともなく漏れてしまうすすり泣きも、もうどうでもいいと放り投げ、ただ身のうちを穿つ律動の激しさに合わせ、必死に腰を前後させる。

神経が焼き切れそうになるほど急激な絶頂感が、深遠から一気に湧き上がってくる。がくがくと壊れたように首を揺すり、基樹は恍惚の中で薄れそうになる意識を必死でつかむ。

こんなときに悶絶失神など、冗談ではない。

最後のその瞬間まで、すべてを覚えておく。

ユリウスの熱さを、激しさを、逞しさを、少しもあまさず感じ続けていたい。

「……うっ……！」

背後で、押し殺したような呻き声が響いた。次いで、内部に自分のものではない痙攣がおこったと思うと、びくびくと身悶える最奥に容赦ない熱いつぶてが打ちつけられた。

びしゃ、と音さえするほどの勢いで広がっていくぬめった感触にすら感じて、基樹は大きく背をしならせて、腰を蠢かす。

「ふっ……、あ、いく……俺も、イッちゃう……！」

堰《せき》を切って溢れてきたものを、もう抑えることもできず、基樹は湯に浸かったままの両脚をぶるぶると震わせながら、濃密な精をほとばしらせた。

白い飛沫が、パタパタと湯の中に散っていくさまを、陶然《とうぜん》と見つめる。

小刻みな前後動で自らの精を一滴のこらず基樹の中に吐き出したユリウスが、はーっと大きく満足げな息を吐く。それが濡れて張りついたシャツを撫でる、わずかな感覚すら拾って、基樹の身体はよがり悶える。

「ふっ……。締めすぎだぞ、きみは……」

たったいま絶頂を極めたばかりのユリウスは、だが、例によって一度の吐精で満足することなく、後戯に合わせて、ぐしょぐしょとみっともないほどの粘っこい音を奏でている。

「や、やめっ……、それっ……」

絶倫のユリウスと違って、基樹はいったん達してしまったあとには、呼吸を整えるだけのインターバルが必要なのだ。それをユリウスが与えてくれるかどうかは、別問題としても。

だが、今夜はなにかが違う。

普段なら吐精のあと、いったんは萎えてしまう性器も、今日はまだしっかりと硬度を保ったまま、余韻の蜜を滲ませながら、鎌首を揺らしている。

巨大なものを咥え込まされ続けた場所の疼きはもちろん、火照りきった皮膚の熱も、ばくばくと波打つ動悸も、いっこうに治まる気配がない。

「あ……? な、なにこれ……?」

朦朧とする頭で考えながら、なんとか身体を鎮めようと深呼吸を繰り返すけれど、達した直後の痙攣はいつにもましてすさまじく、基樹を翻弄《ほんろう》し続けている。

背後の男は、そんな基樹の状態にも頓着せず、肉の隘路を広がっていく精液のぬめりを借りて、ゆるりと抽送を再開した。

放埒《ほうらつ》の名残りも冷めやらぬ場所を、再びこすられる感覚に、汗と湯にぐっしょりと濡れた肌がぴりぴりと痺れて粟立っていく。敏感になりすぎた粘膜の痙攣も、まるでどこかの回路が壊れてしまったかのように、止まらない。

すでに絶頂に至ったというのにどうしたことかと、必死に息を整えながら、基樹は朦朧とした頭の隅で考える。

「あ、あ……、なに、これ……？」

いつまでも鎮まらないのはどうしたことか、と怪訝に腰を揺らせば、たったそれだけのことで、甘ったるい疼きが肌をさざめかせる。

「……ッ……！」

とっさに唇を嚙み締めたものの、かすかに漏れた喘ぎが、ユリウスを苦笑させる。

「嚙んではだめだと言っただろう。いけない子だ」

背後から回された手に顎をすくわれ、肩越しのキスで、ねっとりと唇をなぞられる。そのくすぐるような感触に、基樹はうっとりと口を開いて、甘怠い吐息を漏らす。

「なんか、変……、俺、ちっとも治まらない……」

口づけの合間に、理由を知っているらしい男をうかがえば、触れている唇が、くすっと悪戯っぽく笑った。

「変って、これのことかな？」

ゆるりと腰を回された瞬間、まるで絶頂の瞬間に味わう快感のような痺れが、ぞっと肌を戦慄《わなな》かせた。体内に放たれたばかりの精で、ぐちぐちと粘着質な音を響かせている基樹の内部は、少しも鎮まっていないのだ。

「え？　あ、あれ……これって……？」

そして基樹は、ようやく自分がどんな状況に陥ったかに、気がついた。

「ドライオーガズムだな。イキっぱなしになっているんだ」

「イキっぱなし、って……？」

そういえば、どこかで聞いたことがある。

確か、男でも、女のように長く快感が持続する状態になることがあると。

なにしろ真面目が取り柄だから、ユリウスとこんな関係になったときに、男同士の行為についてネットで検索したりして、そこそこ勉強したのだ。

「淫乱すぎる身体を満足させるには、やはり我が家の秘技を使うしかないようだ」

したり顔で言いながら、ユリウスは抱えていた基樹の脚の一方へと、手を伸ばす。

「え？　秘技って、あれを……」

十字架《クロイツ》の名を持つ家系ゆえに、もっとも深く愛しあうには身体をクロスする形で繋ぐのがいいのだと、ユリウスは言うのだが。それ、ただいろいろな体位を楽しみたいからってだけだろう、と突っ込みどころ満載で、基樹は呆れるしかない。

それに、この状態でクロスするのはさすがに無理なような、と振り返ったとたん、交合が緩まって、あっという間に右脚を抱え上げられていた。

「あっ、や、やだっ、これっ……」

必死に伸ばした手をバスタブの縁について、体勢を保とうとするが、一九〇センチはある長身の男は膝すら折らないから、基樹は上下に大きく脚を開いたまま、腰だけを浮かせるような体勢になってしまう。

バスタブの底に突いた爪先を必死に立てているが、どうやっても巧くバランスをとることができない。それを承知でユリウスは、外れかけていた性器を、ぐいと一息に基樹の最奥へと押し込んだのだ。

「ひ、あぁぁ――……!?」

ただでさえ官能の余韻を残した内部で、まだ少しも萎えることのない熱塊が微妙に角度を変えただけで、じわりと蘇《よみがえ》る欲望に、基樹はゾッと肌を戦慄かせる。

すさまじい衝撃にぶるりと全身が震え、必死に踏んばっていた足が浮力でゆるりと浮き上がっていく。

もはや基樹の身体を支えているのは、ユリウスの肩に抱え上げられてしまった右脚と、深く繋がっている交合部だけなのだ。せめて背を壁にへばりつけて、ずり落ちないようにと耐える。

「あ、はぁっ……！　こ、こんなの……」

無理だ、と本心から思うのに、身体は貪欲に快感を味わい続けている。

もっと欲しい、新たな刺激を、新たな官能を、と求めて蠢く内壁のなんと正直なことか。

まだ足りない。ぜんぜん足りない。

もっと、もっと、と勝手に伸縮しては、ユリウスの性器を締めつける。

「ああ……、中がうねって、私を翻弄している……」

うっとりと呟く男は、情欲に満ちた表情すら、美しく輝かせている。

湯なのか汗なのか、顎から滴る水滴を、振り払って弾かせるなり、ゆるりと再び腰を送り込んでくる。焦れったいほどの抽送が、基樹には我慢できない。内部はもっと激しいものを要求して、疼き乱れている。

「やあっ……、中、焦れるっ……」

「しょうがないな。クロスさせるのが無理なら、私の首に両手を回して、もう一方の脚も私の背に絡ませてごらん」

「え？」

「そうしたら、私がしっかり尻を支えてあげるよ。絶対に落としたりしないから、安心しなさい。ついでに、たっぷりと揺すってあげるから」

言って、ユリウスは悠然と笑む。狼《ウォルフ》の狡猾《こうかつ》さを宿した、妖しい瞳で。

瞬間、基樹の顔が強張った。火照りさえも、一瞬で冷めるほどの驚愕に。

(そ、それってもしかして、体位でいうと、駅弁とかいうあれじゃない……)

立ったまま、両手足で相手の身体にしがみつき、抱えられた体勢で交合部を穿たれる。男女なら可能だろうが、男同士でできるものなのだろうか。それを試してみるほどの好奇心は、むろん基樹にはない。ユリウスの体力も腕力も信じているし、じゅうぶんに支えてくれるだろうとは思うが、そこまで無謀な挑戦は基樹の趣味ではない。

「あ、あの……クロスでいいです。なんとかバランスを保ってみるから……」

「遠慮にはおよばない。なにしろ、これはお仕置きなのだから」

ユリウスはそれはそれは楽しげに笑んで、湯に浸かっているほうの脚を、これみよがしに抱え上げたのだ。じっとりと湯を含んだスラックスと下着が、爪先から落ちて、剝き出しになった両脚が、ユリウスの肩に担ぎ上げられていく。

「あ、ああっ……!?」

ひっくり返りそうになる恐怖に——背後には壁があるから、そんなことはおきようはずがないのだが——基樹は慌ててユリウスの首に、両手を絡ませてしがみついた。

「よしよし、いい子だな。なに、滑り落ちたところで、下は湯だ。叩きつけられることはない」

気をよくしたユリウスが、しっかりと基樹の尻をすくい上げるように支えてくれるから、なんとかすがりついていられる。

だが、これで揺すぶられたら、どんなことになるか、想像するのもいやだ。

「や、やだ！　む、無理っ……、絶対に落ちるっ！」

「大丈夫だ。私を信じろ。いままでいちばんの深さを味わわせてあげるよ」

そのままちゅっと基樹に口づけて、ユリウスは上下にゆるりと腰を使いはじめる。

「あっ、あっ……」

下から突き上げを食らうたびに、どうしても落ちそうになる恐怖を感じる――なのに、繋がっている部分は灼けるように熱い。

これほど異常な体位であっても、ユリウスの性器をぴっちりと呑み込んで、逞しい律動を味わい続ける内壁は、いっこうに薄れる気配のない官能を貪り続けている。

ドライオーガズムなどという経験は、当然だがない。

それがいまの状態だとすると、終わりはどこにあるのだろう？

どれだけ揺さぶられて、どれだけ吐精して――いったいどれだけ達すれば、本当の絶頂を迎えることができるのだろう？

「しっかりしがみついていろ。私もそろそろ、抑えが利かなくなってきた」

言ってユリウスは、基樹の尻を支えている手を下げた。ほんの十センチほど。だが、それでじゅうぶんだった。すでに逞しい性器は半分ほども入っている。

あとは基樹自身の体重で、否応なしに残りの半分を、ずぶずぶと呑み込んでいく。

「……ヒッ……？　あぁぁぁ――……！」

こんなに奥があったのかと思うほど、基樹の身のうち深くまで潜《もぐ》り込んでくる熱塊は、血管を浮き立たせながらどくどくと激しく脈打っている。

他人の熱を、脈動を、息吹を、こんなにも間近に、こんなにも鮮烈に感じたことがあっただろうか。

「くっ！　なんてキツイんだっ……！」

これがユリウス——基樹が愛した男の、逞しさ。

深く、深く、これ以上は奥はないと思うほどに深く、ひとつになって感じあう。

がくがく、と上下に揺さぶられ、恐怖すらも吹き飛ぶ恍惚の中、お仕置きという名の官能の宴は際限なく続き、基樹を翻弄し続けたのだ。

（ああ……、確かにこれじゃあ、明日は立てっこない……）

二人だけの夫婦の誓いにどれほど胸躍らせようとも、ユリウスの言葉どおり、翌日にはベッドに撃沈していることしかできないほどに。

6

約束の日、基樹は礼装に身を包み、金モールとひとつだけの勲章を胸につけて、それ以上に完璧な公爵の正装に身を包んだユリウスに手を引かれ、ローエンタール城の地下室へと続く階段を下りていた。

——ヴァイスクロイツェン家の、祖先を祭った十字架の前で、二人だけの式を挙げよう。

そう言ってユリウスは、基樹の手をとった。だが、この階段のさきにある、頑丈な鉄の扉の向こうはワインセラーだ。そのどこに祖廟《そびょう》があるというのか、と疑問に思いながらついていく。

古びた匂いの立ちこめたワインセラーの奥で、ユリウスは、壁に打ちつけられた紋章のレリーフをつかみ、それを半回転させる。ただの飾りかと思っていた紋章こそが、祖廟の扉を開く鍵だったのだ。たぶん、そうとう古い時代の細工なのだろう。ギギギーと滑車の回る音とともに年代物のワインが並べられた棚が外側に向かって開いていく。

「うわ……、すごい……」

「だろう。十七世紀の装置をそのまま使っている」

「いや。逆の意味ですごいなって。最新式の指紋認証の電子キーにでもすればいいのに」

「日本人なのに、情緒を解さないのだな」

「だってこれ、もしも錆《さ》びて開かなくなったら、どうするのさ？　生き埋めだよ」

「開けたままにしておくよ。どうせ誰も下りてはこない」

言いつつユリウスは、中へとうながす。埃《ほこり》にまみれたワインセラーの向こう、まるで、美術館の一室のように、彫像や絵画で飾られた部屋があった。

「ここは、祖廟であるとともに、我が公家の歴史が保存された場所。功労によって与えられた勲章や剣といった華々しいものだけでなく、傭兵として戦地におもむいたさいに手に入れてきた、数々の戦利品が保存されている」

「すごい」

今度は本当に感心して、基樹は感嘆の声をあげる。

剣や甲冑《かっちゅう》などの武具、歴史を物語る彫像や衣装の数々、革の表紙も見事な写本に、さらに年代物だろう羊皮紙の巻物——それらすべてが、ユリウスの祖先の想いを、いまに伝えているのだ。

そのひとつを丁重にとり出して、ユリウスはいかにもアンティークな黒檀《こくたん》のテーブルに、広げてみせる。そこに描かれたものを見て、基樹は呟く。

「これ……、家系図かな？」

「そうだ。ヴァイスクロイツェン家、千五百年に渡る、直系血族と配偶者の名がすべて記されている。もっと古いものもあるのだが、あまりに脆《もろ》いので出し入れしたくないんだ。これは三百年ほど前に、新たに書き直されたものだ」

ドイツ語の名が綿々と連ねられただけの家系図は、だが、連ねられたぶんだけの歴史を内包しているのだ。最後は、ユリウス・リヒター・フリューゲンの名で終わっている。

「ユリウスの魂の名が……真の名前が、書いてある」

「そう。だから、きみ以外に見せることはできない。代々の公爵家の当主が、自分の死を悟ったときに、子供達の名前をつけ加える。父は東ドイツに渡る前に、これに私の名を記して、残していった」

「――本当に、この家の歴史なんだね」

あまりの感動に、基樹は大きなため息を落とす。

「ここに、私の伴侶として、きみの名前を書いてくれないか。私の代で、ヴァイスクロイツェン公爵家は終わる。――その最後に、私ときみの名前が並んで示される。婚姻届を出すより、よほど確かな結婚の証だと思わないか？」

「え……？」

「フリッツとの約束だ。公爵家が潰《つい》えたあと、すべての財は公国に寄贈する手はずになっている。むろん、ここにあるものも、すべてだ」

それは、ユリウスが祖先から受け継いだもの。そして、ヴァイスクロイツェン家の私財のほとんどは、亡命先でユリウスの両親が礎《いしずえ》を築いたのだ。この城とて、長いあいだ荒れるにまかせて打ち捨てられていたのを再建したのは、ユリウスだ。

「で、でも……本当にいいの？」

確かに嬉しい申し出なのだが、なんだか家名を穢すような気がして、ユリウスが差し出したペンを、基樹はなかなか受けとることができない。

「時は止まることをしない。このさき、ＥＵ諸国は、ギリシャの財政破綻に端を発した経済危機の波に、否応なしに呑み込まれていく。日本と同じような貿易立国で、資源のほとんどを輸入に頼っている我が国が、その影響をまぬかれるはずがない」

いままでは独立と復興のために、一丸となって邁進《まいしん》してきたが、本当に厳しくなるのはこれからなのだ。もはや、二大公爵家がいがみあっている場合ではない。

そのことをもっとも理解しているのは、誰でもないユリウス自身なのだ。

「時代の流れに逆行することはできない。それは愚か者の所行だ。古今東西、歴史がそれを証明している。ウォルフヴァルトはすでに、ヴァイスエーデルシュタイン家主導で進みはじめている。私に課された使命は、いかに潔《いさぎよ》く消えるかだけだ」

「ユリウス……」

その言葉の重み――千五百年に渡る系譜を背負いながらも、それに固執することなく、広く世界に目を向けてきたユリウスだからこその覚悟が、いまは基樹にもわかる。

愛する祖国が生き残るために、あえて家名を断絶させる。

ヴァイスクロイツェン公爵家の最後の当主として、それこそがユリウスの義務なのだ。

「我らが消えようと、この家系図は残る。想像してみるがいい。あるとき一人の学芸員が、修復のためにこの家系図を紐解く。そうして知るのだ。どうして公爵家の跡継ぎである私が、生涯を独身で通したのか。どうして公爵家を断絶させたのか。——その私の胸のうちを知る」

ここに、とユリウスは自分の名前の隣、伴侶の名が記される空白の部分を、指さす。

「私の伴侶として記された、日本の一青年の名で」

基樹は胸が詰まって、言葉も出ない。

「そうして、きみの名は、ウォルフヴァルトの歴史の中に残るのだ。公国のために尽くした男を支え続けた、唯一無二の伴侶として」

じわり、と目の前が涙でぼやけてくる。

貴重な家系図に、一滴でもこぼしてはいけないと、慌てて眦を拭う。

「ここに、きみのサインを。きみの真なる栗原基紀の名を」

言って、ユリウスは一本の万年筆を差し出してくる。

重要な文書にサインをするときだけに、ユリウスが使っている、特別なペン。父親の形見だと聞いたことがある。震える手でそれを受けとって、基樹はユリウスをうかがう。

「本当にいいの？」

「きみ以外の誰がいよう。それとも立会人が必要なら、フリッツを呼ぶが」

「ううん。二人だけでいい」

自分達だけがわかっていればいい。他の誰も必要はない。

すうっ、と大きく深呼吸をして、手の震えを抑える。そして、古ぼけた紙の上にペンを走らせ、歴史の片隅に自らの名を記したのだ。

——栗原基紀　*Motoki・Kurihara* と。

ここに、ヴァイスクロイツェン公ユリウスは、生涯の伴侶を得たのだ。

誰に認められることはなくても、千五百年に渡る歴史を築いてきた祖先達と名を連ねて、その家系の最後の者として、最愛の伴侶を。

——汝、その健やかなるときも、病めるときも、富めるときも、貧しきときも、死が二人を分かつまで、命の日の続くかぎり、堅く節操を守ることを約束するか？

——誓います。

それ以外の答えが、どこにあろう。


ウォルフヴァルトの春は遅い。四月も末になったころ、ようやく陽射しもぬるみ、雪解け水が岩棚を流れ落ちていくのを待ちかねたように、いっせいに草木が芽を吹き、五月の訪れと同時に開花するさまは、見事の一言に尽きる。

そろそろ外出に毛皮のコートは不要になりそうだと思いつつ、いつものように帰宅したユリウスを迎えに出たときのことである。

こちらはなぜか、いつも以上に忙しげなようすで車から降りたユリウスが、まっすぐに基樹の前に歩み寄るなり、開口一番言ったのだ。

「基樹、結婚しよう！　仮初《かりそ》めではなく、本当の結婚式を挙げよう！」

基樹の両手を握り、周囲には二人の関係を知らない使用人達の姿もあるというのに、秘密にしておかなければならない関係を、自ら大声でさらしてしまう。

だが、ＳＰやホフマンをはじめとして真実を知っている者達は、顔色ひとつ変えず、何事もなかったように平時の態度を貫いている。これぞ、部下の鑑《かがみ》。

基樹は、一瞬、目を丸くしたものの、あまりに真剣すぎるからこそ、かえって滑稽《こっけい》な感のあるユリウスの申し出を、とっさの誤魔化しでかわす。

「いやだなぁ、なんの冗談です？　またご親族のどなたかに、早く結婚しろとせっつかれでもしたんですか？」

ひたすら落ち着いた顔で——その実、心拍はバクバクと跳ね上がっているのだが——驚愕さえも控えめにしか表せないのが、今回ばかりは幸いしたようだ。

皆に苦笑交じりに見送られながら、興奮気味のユリウスを、本当に困った人ですね、と諭しながら部屋へと引っ張っていく。

バタン、とドアを閉めたとたん、基樹は必死に詰めていた息を、大きく吐き出した。

「な、なにバカなこと言い出すんです、あなたはっ……！」

「どこがバカだ。最初からそうしておけばよかったのだ。そうすれば、イゴールなどにさらわれることもなかったのだ」

「だめです、それは。僕はなにがあっても、あなたの弱みにはなりたくないですから」

いまさら結婚など無意味だ、と反論する基樹に、ユリウスは怒りも露わに言い放った。

「フリッツが結婚するそうだ。今日、皇太子の王城に招かれて、教えていただいた」

「え？　フリードリヒ殿下が、ついに年貢の納めどきですか。それは、おめでたいことですが、でも、なんでそんなことに怒ってるの？」

「これが怒らずにいられるか。相手は日本人で、ネギシカズミというのだそうだ」

「ネギシカズミ……？」

「きみと同じ日本人青年だぞ。それも、二十二歳になったばかりだとか」

「え？　フリードリヒ殿下の結婚相手が、男ってこと……？」

「フリッツの野郎……あのクソ王子！　私ときみの関係を散々こき下ろしておきながら、私のマネっこをしやがった！　なにが一発逆転のあっと驚く大団円だ！」

まるで癇癪《かんしゃく》を起こした子供のようなユリウスの口調に、基樹は困り果てて、うーんと唸る。

またフリードリヒへの対抗心だ。これさえなければ、いい男なのに。それに、いくらなんでも、クソ王子呼ばわりは不敬にすぎる。

「皇太子は、苦笑しながらも安堵してらした。相手が同性では子は成せないが、それでフリッツが幸せになるならなによりだ、とおっしゃって」

跡継ぎのできない王子は、政敵にあらずである。

ハインリヒにしてみれば、これで反フリードリヒ派の勢いを削《そ》ぐことができると、一安心なのだろう。やたらと国民に人気の弟の存在は、目障りとは思わなくても、やっかいであったことは確かなのだから。

「派閥間の無為な王位継承争いをやめさせるためにも、一抜けすると戦線離脱宣言したのは私なのに。きみを選んで、それで諍《いさか》いがおさまるならばと。――その私が、きみの身を案じるあまり、正式な婚姻をできずにいるのに。フリッツは堂々と、ウォルフヴァルト国教会の長であるアウグスト猊下《げいか》に、婚礼の儀を行ってもらうというのだぞ」

「はあ……。それはなんというか、さすが怖いもの知らずの殿下だけありますね」

「悔しくないのか、きみは？　日陰の身を味わっているのは、きみなんだぞ」

ユリウスは、がっしと基樹の肩を押さえて、鬱憤《うっぷん》を吐き散らす。

「日陰の身、って。それ、逆だから。国教会の聖堂で挙式を行うほうが、俺的にはよほど恥ずかしいっていうか。それに、家系図にサインした段階で、堂々の伴侶じゃないですか」

「そ、それはそうだが……」

「にしても、勇者だなあ。フリードリヒ殿下もそうだけど……お相手の方も」

「感心してる場合か！　こうなったら、フリッツよりさきに式を挙げるぞ、私達も」

「やです」

一人で息巻くユリウスに、基樹は即答する。

「なぜ？」

「だって、それ、僕の気持ち云々《うんぬん》より、フリードリヒ殿下に負けたくないって意地からじゃない。戦線離脱したとか言っておいて、そんなつまらないことで競ってどうするの」

「う……」

「僕はごめんですよ。フリードリヒ殿下に見せつけるために、結婚するなんて」

絶対にいやです、と念を押しつつユリウスを睨めつける。さすがに基樹の言《げん》に心当たりがあるのか、ようやく熱の引いてきたユリウスが、失望のため息を落とす。

「確かに……意地になっていたかもしれない」

「ですね。少し深呼吸して、落ち着いて」

ユリウスを長椅子にうながし、二人並んで腰掛けて、基樹は気になっていたことを問いかける。

「それに、本当にそのお相手は男なんですか？　『カズミ』って確かに男にもつけるけど、どちらかというと女の名前なんだけど」

「え？」

「だから、さっき名前を聞いたとき、女性かと思ったし」

「女性の名前なのか……？」

「ええ。どこかで情報が混乱してるんじゃないですか。どう考えても、あのフリードリヒ殿下が男を選ぶとは思えないんだけど。たとえ、子供じみたライバル意識であなたのマネっこをするにしても——ちょっと無理がありすぎるというか。外交を担っている殿下が、同性の妻を伴って、諸外国を回るなんてできないでしょう」

基樹に諭されて、ふうむ、とユリウスもうなずいた。

「それもそうだな。性格は最悪だが、なにより国がいちばんの人だし」

「でしょう。だから、なにかの間違いですって。それに、フリードリヒ殿下が誰と結婚しようと、僕らには関係ないし」

言って、基樹はユリウスの頬に、手を当てて自分のほうへと向ける。

「ね、僕らは僕らのやり方で……」

「そうだな、私達の方法で愛しあえばいいんだ」

「えーと……」

いや、そうじゃなくて、僕らのやり方で国に奉仕すればいいだけじゃない、と言おうとしたのだが、そのときにはすでに基樹の身体は長椅子に押し倒されていた。

まったく、これしか頭にないのか。蜜月は新婚一カ月のことだと思っていたが、この調子では万年常春ということになりそうな気がして、基樹はこっそりとため息をつく。

(ま、いいか……)

たまにはユリウスを喜ばせてやろうと、基樹は勘違いを正すのをやめて、降り落ちてくる口づけを受け止めたのだ。


——それから二週間後。フリードリヒ・フォン・ヴァイスエーデルシュタインと、その伴侶の婚礼の儀が、ウォルフヴァルト国教会の定めに従って、執り行われた。

相手は、根岸和巳《ねぎしかずみ》という日本人青年で、民を大いに驚かせたものだ。

その上、基樹を散々に『その程度の男』あつかいしたフリードリヒが選んだとは思えないほど、あまりに平凡すぎる『その程度の男』以下だったことに、ユリウスは顔面蒼白になるほどの衝撃を受けるのだった。あのマネっこ王子！　と地団駄踏んでも、後の祭。

炎のフリッツ、戦いよりも愛を選ぶ——見事なまでの一発逆転、あっと驚く大団円であった。


——おわり——

妖精さんの贈り物
剣解 原作あさぎり夕
基樹《もとき》は時々
裏庭の切り株の上に
贈り物を置いておく
イゴール
スプリングコートだよ
もうすぐ春だから
似合うと
いいんだけど
決して姿を現わさず
仕事だけをしてくれる
妖精さんへの
せめてものお礼だ

あれは仕事だから いちいち礼など しなくていいのに
あ お給料 出てるんだ?
当然だ SP並みの 高給だぞ
でもそれとこれとは別だよ SPの皆さんには 直接お礼が言えるけど
イゴールには それもできないから
きみは優しいね
そんなきみに 私から贈り物を あげよう
たっぷり濃厚な 愛の夜を

もうっ…それ贈り物じゃないっ……
旦那様の愛の贈り物はすでに日常だった

翌日 切り株の上の
包みは消えて
代わりに ささやかな
お礼があった
わあ!
見てみて
ユリウス!
すごいすごい
今年最後の
雪だるまだね!
なんで
こんなもので
そんなに喜ぶ?
妖精さんは
義理堅いのだった
The End

私の王子様

1

「わぁー。空がピンクだ……」

太古の翼という意味を持つ、Altflügel《アルトフリューゲル》城の大きな窓から、針葉樹の森の上に広がる空を眺めつつ、根岸和巳《ねぎしかずみ》は呟《つぶや》いた。

二十二歳からの新たな出発に胸躍らせて、生まれ育った日本を離れ、中欧の小国ウォルフヴァルト大公国にやってきたのは、三カ月ほど前のこと。すでに春を迎えている時期なのに、針葉樹の森は、まだまだらな雪に覆われていた。岩盤を流れ下る雪解けの水は肌を刺すほどに冷たく、ところどころに見える地面には、ようやく膨《ふく》らんだばかりの水仙《すいせん》の芽が寒そうに震えていた。

日本よりずっと高緯度にあり、また山間部に開けた都市ということもあって、春の訪れはいっそう遅い。人々はひたすら長い冬が明けるのを待っていた。

なのに六月のいまは、すっかり真夏という感がある。

夏至の前後は昼がもっとも長いのは、北半球では共通の現象とはいえ、あまりに日没が遅いことに驚く。夜も七時を過ぎるころになって、ようやく陽が西の稜線にかかってきて、十時を回っているいまもまだ、空は薄明るい。

特に、首都クラインベルグは『小さな山』というその名のとおり、渓谷《けいこく》にへばりつくように築かれているから、太陽が山陰に隠れたあとも、険しく波打つ稜線から夕焼けの色が差し込んできて、黄昏《たそがれ》がものすごく長いのだと聞いた。

ピンク色から濃紺へとゆるりと変わっていく空は、何度見ても不思議な気分を味わわせてくれて、そのたびごとに、ここが日本ではないことを思い知らされる。

ここで生きていく。

愛する人のそばで。

両親と姉の眠る日本を、遠く離れて。

(俺、幸せだからね……お姉ちゃん)

思い出せば、その日はつらいことだらけだった。和巳はまだ、五つ。

すでに記憶も曖昧《あいまい》になっている。休日を楽しむために、家族でドライブがてら、近郊のレジャー施設へと向かっていたはずだ。十歳だった姉が、苺《いちご》狩りができるのを楽しみにしていたのを、覚えている。

突然、対向車線から飛び出してきた一台のトラックが、幸福な一家のすべてを奪った。

運転席は大破し、父親は即死。後部座席にいた、母親と姉と和巳は潰れた車の中で、細い息を繋いでいた。やがて、子供ふたりを抱きしめるようにかばっていた、母親がこときれ。

救助がはじまって、車体を切断する不気味な音が響く中、必死に和巳を励ましてくれていた姉の声が絶えた。

──だいじょうぶだよ、和ちゃん。だいじょうぶ……。

和巳を抱きながら、最期の最期まで、そう言い続けて。

これは、ずいぶんのちに叔父から聞いた話だが、あの瞬間、もしも父親がとっさにハンドルを切っていたら、トラックは運転席ではなく後部座席に突っ込んだはず、とのこと。

──普通、目の前にトラックを見れば、よけようとするもんなんだが。

だが、父親はそれをしなかった。何分の一秒かの刹那《せつな》の判断で、ハンドルを切るより、そのまま自分の身を捨てて、後部座席の家族を守るほうを選んだのだ。

両親と姉に守られて、そうして和巳だけが生き残った。だから、一度だって和巳は自分を不幸だと思ったことがない。家族が守ってくれた命を、決して無駄にするまいと生きてきた。

叔父の家に引き取られて、なんとか高校を卒業することができたが、叔父とて決して余裕のある生活ではない。それ以上の負担はかけられないからと、大学はあきらめて、就職を選んだ。

『くるみ書房』という、児童書の出版社だった。マンションの一室を事務所にした、弱小というのもおこがましいほどのちっぽけな会社は、常に自転車操業だった。

社長夫妻と、社員は荻野《おぎの》という先輩と和巳だけ。それでも四人で力を合わせて、子供達のために優しい本を作ろうと、必死に駆け回っていた四年間。

そして、不思議な巡り合わせでここにいるいまも、和巳はずっと幸せだったのだと、いまは心から思うことができる。

（お母さんも、お父さんも、お姉ちゃんも、もう心配しなくていいよ）

いまは空にあって、和巳を見守ってくれている優しい家族に告げていたときである。

「Ich《イッヒ》 bin《ビン》 wieder《ヴィーダー》 da《ダー》.」

ようやく一日の政務を終えた恋人――いや、いまとなっては伴侶といっていい相手、ウォルフヴァルト大公国の第二王子、フリードリヒ・フォン・ヴァイスエーデルシュタインが帰ってきた。

優しく甘い声音で、ただいま、と言いながら。

「Ja《ヤー》, willkommen《ヴィルコンメン》!」

和巳もまた、おかえり、と返す。

こちらには、日本のような帰宅時の決まり文句があるわけではなく、そのときの状況に応じた会話をするとのこと。しかしフリードリヒは、仰々《ぎょうぎょう》しく毎度同じ言葉をかけてくる。

そして、そのあとに続くのは、かならず恋人に贈る言葉。

「Mein《マイン》 Mauschen《モイスヒェン》.」

私の可愛い小ネズミちゃん、なのだ。

最初に出会ったとき、和巳は自分の名をはっきり言える状態ではなく、結果的にネギシカズミがぶつ切れになって『小ネズミ』呼ばわりされることになってしまった。

てっきり濡れ鼠《ねずみ》状態だったのをからかわれているのかと思っていたのだが。

意外にもMauschen《モイスヒェン》やMaussy《マウジー》は英語のHoney《ハニー》に相当する言葉だと聞いて、驚きと同時に喜びに満たされたものだ。出会った最初から、フリードリヒは、和巳を『小ネズミ』と愛しさをこめて呼んでくれていたのだと。

その愛情は、こちらに来てからも深まるばかりだ。

窓辺にいる和巳を、背後から抱き締めて、ただいまの挨拶《あいさつ》にしては濃厚なキスを贈られる瞬間の幸福の甘さと照れくささに、今日もうっとりと溺《おぼ》れさせていく。

(本当にこれ、夢じゃないよな……?)

出会いは、冷たい三月の雨の中。人生で二度目の最悪な日だった。

ある朝、いつものように『くるみ書房』に出社したら、ドアに書き置きめいた一枚の貼り紙を残して、社長夫妻は夜逃げをしていた。

『くるみ書房は、倒産いたしました。ご迷惑をおかけすることを、おわびします』

給料も踏み倒されて、ろくに貯金もない中で、どうやって今月のやりくりをしようかと算段しながら、アパートに帰ったところで、目にしたのは無残に大破した自分の部屋だった。

居眠り運転のトラックが、和巳が借りていた六畳間に突っ込んできたのだと、近所のおばさんに聞かされて、心底ゾッとするとともに、心で思いっきり叫んでいた。

――ト、ト、トラックなんて、大嫌いだぁっ!

いつも、いつも、和巳の大事なものを、一瞬で奪っていく。

それは運転手だって、仕事疲れでうとうとするときもあるだろう。誰にだってミスはある。

あるが……とはいうものの、他人を事故に巻き込む前に休養をとるくらいの判断はしてくれよ、と恨み言のひとつも言いたくなる。

それでも、不幸中の幸いというか、仕事に行っててよかったわよ、と言われて、まったくそのとおりだと思った。考え方ひとつで、人は幸福にも、不幸にもなれる。

きっと家族が、いまも見守ってくれているのだろう。

だから、最悪のはずのその日に、最高の出会いを用意してくれていた。

仕事と住処をいっぺんに失って、しかたなく街中をうろつきながら、一晩の宿を提供してくれそうな友人に携帯で連絡しまくっていたときに、通りすがりのヤンキーに絡まれた。

わずかに残った荷物を奪われそうになって、必死に抵抗したのが災いして、かえって相手の暴力を煽《あお》った。雨に濡れたアスファルトに倒れ込んで、散々に殴られ、蹴られながら——災厄は予告もなしに襲ってきてすべてを奪うと、わかっていたことをうつろに思っていたとき。

和巳の目が捉えたのは、救済の天使の威光だった。

——多勢《たぜい》に無勢《ぶぜい》は感心しないな。

妙に気どった物言いで、でも、凛《りん》と響いたハスキーな声で、その場を圧した。

——さて、最初に刀の錆《さび》になるのは、誰だ？

すらりと剣を引き抜いて、チンピラ達を追い払ってくれた。

他に助けてくれる人など、いるはずがない。だが、天使にしてはずいぶん横柄《おうへい》に、おい、と和巳を覗《のぞ》き込んできた。

——気絶するなら名を名乗ってからにしろ。

白い礼服に、白いマント。澄んだ湖を思わせる、サファイアブルーの瞳。ゆるいウェーブを描いて背まで垂れる、美しい金髪。

幼いころ、姉が好きだった絵本に描かれていた天使そのままの姿で、文字どおり慈愛の光輪を放っていた男こそ、ウォルフヴァルト大公国第二王子、フリードリヒ・フォン・ヴァイスエーデルシュタインなる、長ったらしい尊称のお方だった。

いま、熱い口づけで和巳を夢中にさせてくれている、旦那様なのだ。

同性愛の趣味などかけらもなかった和巳を、こんなに溺れさせてくれた男。

日本を離れて、狼《おおかみ》の遠吠えの響く異国へと嫁いでいこうと、決心させてくれた男。

きっと、その美しさこそ、天使以外のなにものでもないと思った瞬間から、すでに恋ははじまっていたのだ。


「古城ホテル？」

大きな背もたれのウイングチェアに身体をあずけ、ウォルフヴァルト名産の赤ワインとチーズで、一日の疲れを癒していたフリードリヒがふと漏らした言葉を聞きつけて、オットマンに腰掛けていた和巳は、興味津々に身を乗り出した。

「ああ。白波瀬《しらはせ》からの申し入れだ。海外進出の一環として、放置されたままの古城を改修して、ホテルとして利用したいのだそうだ」

「へえー。オーナーが古城ホテル経営か。いろいろ考えるなぁ」

白波瀬鷹《たか》、三十三歳。ウォルフヴァルトの高官が日本滞在時に使う『グランドオーシャンシップ東京』のオーナーであり、『白波瀬ホテルグループ』の後継者である。

欧州を巻き込む経済危機の中にあってさえ、事業拡大を推し進める兵《つわもの》で、次なる狙いを中世のロマン溢《あふ》れる中欧へと向けたようだ。

和巳も日本にいたころは、ひとかたならぬ世話になった。別れてからまだ三カ月ほどしかたっていないのに、ひどく懐かしい気がする。それほど、こちらに来てからの日々は、慌ただしさと同時に幸せに満ちていた。

「あ、そういえば、ヴァイスクロイツェン家でも、居城を観光客に開放してたよね」

大公家と同じく、姓に白《ヴァイス》を戴《いただ》くヴァイスクロイツェン家は、ウォルフヴァルトに並び立つ二大公爵家の一方の雄である。

当主であるユリウス・フォン・ヴァイスクロイツェンは、三十二歳。

独立直前の動乱の中で行方知れずになった父親に代わり、公爵位を継いで以来、天賦《てんぶ》の商才を活かし、手広く事業を展開している。

「ああ。ユリウスは商売上手だからな」

そのユリウスの名が出ると、とたんにフリードリヒの機嫌が悪くなる。

ウォルフヴァルトを代表する二大公爵家は、興国のときより千五百年、領主の地位を巡って対立してきた歴史がある。いまは復興のために力を合わせているとはいえ、一歩、海外に出れば商売上でのライバルとなる。

その上、ヴァイスクロイツェン家のほうが、大公家より資産家なのは、周知の事実。

フリードリヒとユリウスは、どちらも気性の荒さも矜持《きょうじ》もはんぱではなく、その不仲は民のあいだでも有名な話だった。

(けど、そんな大仰《おおぎょう》なもんかな。ユリウスさんのほうが身長が高いのが気に入らないって——その程度のことじゃないのかな)

などと、和巳はこっそりと思っている。

フリードリヒもゲルマン民族の血を体現する、長身剛堅《ごうけん》の偉丈夫であるが、ユリウスの上背は一九〇を優に上回る。プライドの高いフリードリヒは、ユリウスに見下ろされる立場が、どうにも我慢できないでいるような気がするのだ。

逆に言えば、その程度のことでしかないのに、周囲はやたらと二人をライバルあつかいして、よけいに煽ろうとする。皇太子のハインリヒが穏やかな気質で、一人超然としているがゆえに、下世話な連中は、情熱的なフリードリヒとユリウスを比べたがるのだろう。

だが、二人ともそのあたりは大人である。周囲の期待に添うように、わざと対立を演じているような節がある。

どちらにしろ、目的はウォルフヴァルト大公国の恒久的な平和で、そのためになら相手に膝を折ることすら、平然とするだろうほどに、二人ともに国に対する愛は深い。

「私にあれのマネはできぬが、白波瀬ならいい勝負になるだろう。どちらも、にっこり笑顔の下に腹黒さを隠し持っている、狸《たぬき》だからな」

「オーナー、腹黒いかなぁ。俺にはいい人だったけど」

とたんに、ムッとフリードリヒが形よい眉根を寄せる。

(……おっと、オーナーを褒めるのも、なしだった)

王子としてのフリードリヒは、実に慈愛深き人格者なのだが、プライベートで和巳に関わることとなると、いきなり子供に成り下がってしまう。

オーナーはいい人だけど、少々お節介な知り合いでしかないのに、いちいち嫉妬《しっと》するのは心が狭すぎると思わなくもないのだが、そこが恋の愚かさというものなのだろう。

それに、ウォルフヴァルト命のフリードリヒが、こんなちっぽけなことで妬《や》いてくれることに、優越感を覚えなくはない。

そのあいだは、和巳だけのものになってくれる。

恋人として、ひとりの男になって、子供じみた顔をさらしてくれる。

サファイアブルーの瞳に映っているのは、自分だけなのだと思えば、嬉しいだけだ。

「――でも、古城ホテルって、いいアイデアだよね。あ、そこにもシークレットフロアを作るのかな？」

フリードリヒの気を変えるために、和巳は話題をホテルに戻す。

『グランドオーシャンシップ東京』にはＶＩＰ専用の、シークレットフロアがある。なんと一泊二百万という、豪華なのは当然として、なによりセキュリティ完備の部屋だ。

「どうかな？　観光客用のホテルとなれば、VIP専用の部屋などいらんだろう」

ウォルフヴァルト大公国でも、大臣クラスの公人が日本に滞在するさいには、そのシークレットフロアを使っている。戦う民族の誇りをいまもなお持ち続ける国には、そのぶん敵も多い。

和巳とフリードリヒが愛を深めていったのも、中欧の雰囲気そのままの設《しつら》えで飾られた、その部屋でだった。

おかげで、ウォルフヴァルトにやってきたいまも、意外と城内での生活には、違和感を覚えずにすんでいるのがありがたい。

なにしろ、小さいながらも楽しい我が家だった六畳間を破壊され、路頭に迷っていたサラリーマンが、玉の輿《こし》のあげくに、たとえ小国であろうと王子の伴侶と呼ばれる身になったのだから、生活習慣の落差ははんぱではない。

フリードリヒにとってはこの生活が当たり前だから、古城ホテルにも仕事以外の興味はなさげだが、和巳はうっとりと空想の翼を羽ばたかせる。

「でもさ、隠し部屋みたいなのあったら面白いよね。外からは見えないし、廊下からも行けない。壁のどこかに隠し扉があって、特別なお客だけが通されるとか――いかにも西洋のお城っぽい気がする」

「ふうん？　そういうものなのか」

フリードリヒの居城である、このアルトフリューゲル城にも、隠し部屋こそないが、もともとが城塞であったがゆえに、地下のワインセラーの奥には秘密の地下通路があって、庭に抜けることができるのだ。

「俺ね、屋根裏部屋とか好きなんだ」

「屋根裏部屋が？」

「うん。お姉ちゃんが、『小公女』とか『若草物語』とか読んでくれて、あこがれてたんだよな。物置代わりになってて、狭くて埃《ほこり》っぽくて、でも、古びたトランクとかって宝箱みたいじゃない。壊れたソファをベッド代わりにして、毛布にくるまって眠る――オンボロの部屋だけど、ある日、帰ってきたら、すごいご馳走《ちそう》やプレゼントが置かれてるんだ」

どこか少女趣味的な発想は、和巳のというより、わずか十歳で亡くなった姉、詠美《えいみ》の夢だったのかもしれない。しばし黙って聞いていたフリードリヒだったが、和巳がにこにこと話を終えたとたん、その手を引いて、自分の胸に抱き寄せた。

「なんて可愛いんだ。私の小ネズミは」

感極まったように呟いた、和巳の黒髪に愛しげな口づけを落とす。

「屋根裏部屋がよければ、この城のを改装して、おまえの部屋にしてやろう。壁を抜いて広くすれば、大きめのベッドも置ける。国中から由緒のありそうな骨董《こっとう》家具や小物を集めて、隙間なく飾ってやろう。むろん、ある日などとケチなことはいわず、毎日でもプレゼントとご馳走は用意してやるからな」

「……って、いや、それ、すでに屋根裏部屋じゃないから」

「遠慮するな。おまえから望んでくれることはめったにない。さっそく明日から改築工事にかかろう」

「だ、だから、望んでないってー！　俺のために散財するのはやめてってば。それでなくても、俺は仕事もろくにしてないんだから」

こちらに来て、和巳のいちばんの悩みの種は、あまりに至れり尽くせりなことだ。

アルトフリューゲル城にいても、また貴族達の屋敷に呼ばれても、結局はお客様あつかいで、ちやほやされるだけ。

五歳のときから、叔父の家で肩身の狭い暮らしをしてきた和巳にとって、ビンボー生活は当たり前のことで、執事や家政婦に傅《かしず》かれる立場というのが、どうにも慣れない。

とはいえ、ろくに言葉さえ通じないのだから、フリードリヒの仕事の手伝いなどできるはずもない。役立たずの伴侶である自分がふがいない。なにか、フリードリヒを慰める以上のことがしたいのだが。

「ホント……これ以上なにかしてもらうだけって、贅沢《ぜいたく》すぎて、罰が当たりそう」

「だから、仕事をしてもらう」

「え？」

「首都近辺で、なんにも利用されず放置されている館がある。リッター・パラストというのだが。意味はわかるか？」

「えーと、Ritter《リッター》は騎士、Palast《パラスト》は宮殿？」

「そうだな。日本人向けのガイドブックには『騎士の館』とか『リッター宮殿』とか載っている。そこを古城ホテルに使いたいとのことで、数日中には白波瀬が検分に来る予定だ。私はそれほど暇ではない。おまえ、相手をしてやってくれるか」

「え？　お、俺が、オーナーを案内するの？」

「知らぬ仲ではないしな。これからは少しずつ日本からの賓客《ひんきゃく》の相手を、おまえにまかせようと思う。その手はじめだ。日本人相手なら、むしろおまえのほうがよかろう。私はなにかと偉そうに見えるらしいのでな」

「――らしい、じゃなくて、マジで偉そうだから。ってゆーか、日本語が流暢《りゅうちょう》なのはいいんだけど、イマドキ日本でだって、殿下みたいな言葉遣いする人、そうはいないって」

「しかたあるまい。これは我が家の伝統だ。日本の時代劇を見て覚えた。私がいちばん好きなのは『水戸黄門《みとこうもん》』だ」

「……その教育方針、かなり変だと思う」

ドイツ語で尊大語がどんな発音や文法になっているかは知らないが、日本でも宮中あたりでしか遣われないような時代がかった言い回しをするのは、なにか違う気がする。

「変なのは自覚しているが、身についた習慣は、そう簡単に直せるものではない。ゆえに、手助けが必要なのだが。否というなら他に回すが」

「もちろん、やる！　やらせてください！」

どこまでも偉そうに言い放つフリードリヒに、和巳は感謝を込めて抱きついた。

たぶん、和巳より鷹のほうが、よほどウォルフヴァルトには詳しいはず。なのに、どんな小さなことでも役立ちたいと思っている和巳の気持ちをくんで、フリードリヒはわざわざこんな仕事を用意してくれたのだ。

「俺、ちゃんと下調べして、オーナーのどんな質問にも答えられるように頑張る。絶対に恥ずかしくない仕事をするから」

「期待してるぞ。これがそのリッター宮殿の資料だ。ちゃんと目を通しておけ」

フリードリヒは、ワインボトルの横に置かれていたファイルをとって、差し出してくる。

「はい！　じゃあ、さっそく明日にでも実地検分に行って……」

満面の笑みを浮かべて受けとろうとしたとたん、和巳の指先を掠めたそれを、フリードリヒは少々距離のあるキャビネットの上へと放り投げてしまった。

「え？　な、なに意地悪してんの？」

「いま渡すのはやめた」

「は？」

「資料を手にしたら、夢中になってしまうだろう」

「だって、せっかくのお仕事なんだから、夢中にならないとダメじゃん」

呆気にとられる和巳に、フリードリヒは碧《あお》い瞳を妖《あや》しく輝かせて、告げた。

「夜は、私に夢中になる時間だろう」

「……あー……」

和巳がフリードリヒの膝を跨《また》いで座り込んでいる体勢だから、否応なしに昂《たか》ぶりはじめた反応は伝わってくる。天使を思わせるまっ白な礼服の下には、だが、確かに生きている男の証《あかし》の、欲望に燃える身体がある。

もう何度となく味わっているのに、フリードリヒの反応を捉えたとたん、いきなり高鳴っていく鼓動が気恥ずかしくて、頬が火照《ほて》ってくる。

「白波瀬の相手をするのもいいが、仕事と割りきってつきあうように。あれは、どうも好かん。

おまえは私の獲物だからな。髪の毛一本、他の者にくれてやる気はない」

命じる唇が、牙《きば》を立てて食いついてきそうな勢いで、和巳の喉元に押しつけられる。右手は男にしては細いうなじを、左手は服の上から臀部《でんぶ》を撫でさすっている。

「……ッ……」

まだ仄明るい夜の中で、こうしてフリードリヒの腕に抱かれるとき、和巳は本当に息が止まるのではないかと思うことがある。

幸せすぎて、愛おしすぎて、このまま時が止まってしまえばと、願うことがある。

いまになって思えば、あの最悪の出会いの日は、和巳のあまり運がいいとは言いがたい人生のターニングポイントだったのだ。

叔父の家で肩身の狭い思いをしながらも、高校までは行かせてもらった。

小さいながらも希望の職業だった、児童書専門の出版社に勤めることもできた。

そのまま波乱のない人生を送るのだろうと思っていたし、それが願いでもあった。

なのにいま、和巳は天使に望まれて、針葉樹の森に建つアルトフリューゲル城にいる。

傲慢《ごうまん》な殿下の腕に捕らわれて。

溺れるほどの愛を注がれて。

「栗原《くりはら》を連れていくがいい。あれならこの街にも詳しいし、ドイツ語もおまえより百倍はましだ。日本にいたころは百貨店勤務だったのだ、客の好みもわかろうというものだ」

「ん、そうだね……基樹《もとき》さん、頼りになるから――ん、ああっ？　ちょ、ちょっと……」

フリードリヒの手が、いつの間にかトラウザーズの中に入り込んできて、和巳の双丘を直に揉み立てはじめたのだ。

「無粋《ぶすい》な仕事の話は、ここまでだ。私を飢えさせたくなければ、もっと集中しろ」

「……もうっ、我が儘《まま》」

「いやか？」

「――なわけ、ないじゃない」

フリードリヒの欲望はすでに、じわりと身を堅くして、熱い脈動を伝えてくるのに、どうしていやだなどと思えるだろう。煽られて、攻められて、焦《じ》らされて、さきに陥落《かんらく》するのはいつも和巳のほうなのだから。

自らの伴侶の証である礼服を脱がせる権利を、フリードリヒはたっぷりと楽しみながら行使する。まずは上着を、そしてトラウザーズを、ワイシャツの前を開いて、白い肌がうっすらと火照るころには、小さな乳首もつんと堅くなっている。

敏感なそこを、熱い男の舌先で、ねろりとねぶられただけで、肌を甘く駆け抜ける痺れが和巳の息を弾ませていく。

「あ……んんっ……、で、殿下……」

「ふ、ここを嘗《な》められるのが、好きとみえる。女のように堅くしおって」

「バ、バカ……女あつかいするなよっ！」

「そうだな。ふふ、女より百倍は可愛いぞ」

揶揄《やゆ》する男の手は、剝《む》き出しにされた尻を、楽しげに揉み立てている。

「それに感触もいい。ただ柔らかいだけでなく、きゅっと引き締まるところが最高だ」

唇の触れる距離で囁かれて、それだけで腰が砕けそうになる。鼓動が弾む。身のうちがとろける。指で掻き回されている部分が、もっと太いものが欲しいと、うねりはじめる。

「んっ……ああ……」

内部の反応を敏感に察知した男が、さらに本数を増やして大胆に蠢《うごめ》かせば、それが嬉しいとばかりに、きゅっと入り口が締まる。

「く、んっ……」

「こら、私の指を食いちぎる気か？」

「あ、だって、中っ……疼《うず》く……」

身長は一七〇センチほど。平均的二十二歳の日本の青年である。

細身とはいえ、ビンボー暮らしが長かったせいか、平々凡々な青年のわりに力仕事には慣れている。高校時代もバイト漬けの毎日だったし、肉体労働は割がいいから。

日々の生活の中で鍛《きた》えられた、やわな女にはない筋肉が、戦う王子にふさわしい強烈な締めつけを、そして快感を与えるのだ。

「こんな細腰なのに、埋め込んだものを締めつける力は、意外なほど容赦がない」

それを夜毎に味わうたびに、フリードリヒの欲望はつのっていく。

熱く猛って、今夜もまた、和巳を貫《つらぬ》くのだ。

「あっ、あっ……で、殿下っ――……！」

座位のまま、真下から鋭く突き上げられて、和巳は嬌声《きょうせい》をあげながら、大きく背をしならせた。それは襲撃だった。すさまじい異物感と、それ以上の快感――もう慣れた行為のはずなのに、繋がるたびに驚かされる。

どうしてこの男はこんなにも熱いのかと。

こんなに激しく、こんなに逞《たくま》しく、そして、こんなに優しい――息が詰まるほどに。

優しくて、愛おしくて、口づけずにいられない。自ら望んで舌を差し出せば、求めるものはすぐにも与えられる。望んだ以上の濃厚さで、舌を引き抜かれるほどの強さで吸われ、存分に注がれる蜜を味わう、幸福な時間。

（ああ、なんてきれいな人……）

その目が捉える、美しい愛情の色を見るたびに、和巳はもうずっと忌避《きひ》してきた自分の力に感謝せずにいられない。

物心ついたころには、すでに当たり前のものとして和巳の目に映っていたそれは、共感覚という力なのだと、教えてくれた人がいた。

その人は『色聴《しきちょう》』といって、音を聴くと色が見える力を持っていたのだ。つまり、音を聴くことによって、視覚野までも反応してしまうということらしい。

そして、他人の感情を――それも強い負の感情ほど見えてしまう和巳の奇妙な力もまた、先天的に持っている共感覚らしいのだ。第六感とかいう摩訶《まか》不思議系ではなく、医学的にも認められた症状で、遺伝で伝わるらしいとも聞いた。

だが、見えるものが人の感情とあっては、うっかり言いふらすこともできない。

幼いころは意味もわからず、ついついはしゃいで口にしてしまったこともあったのだが。

――キラキラのことは言っちゃダメだよ。

五つ年上の姉の詠美に、よく注意された。

それは、他人に気づかれてはいけない力だと。知られれば、嫌がられるだけだと。

――二人だけの秘密だよ。

指切りして誓ったその訓戒の意味を、実感したのは、ただ一人でこの世に残された和巳が、叔父の家に引きとられてからだった。

いっしょに暮らしていれば、どれほど隠そうとしても、つい口を滑らせてしまう。

内心に渦巻《うずま》く不安や怒りを見抜かれたときの叔父一家の反応を――なんだこの薄気味悪い子供は？　と和巳に向けられた嫌悪の表情を、いまも忘れることができない。

それは他人の心に土足で踏み込む、盗み見なのだと、そのときに思い知った。

以来、なにが見えても、知らぬふりを決め込んできた。それでも否応なしに目に入ってしまう他人の感情に振り回される日々は、和巳を徐々に疲弊《ひへい》させていった。

無条件で自分を愛してくれた両親と姉を失った以上、どれほど寂しくても独りで生きていくしかないと、いつのころからか呑み込んできた。

驚愕に満ちた日々など負担でしかないから、家族が命懸けで守ってくれた命に感謝しながら、穏やかにすごしていければいいと思っていたのに。

「ああ……殿下っ……！」

だが、一度、こうして欲望の波に包まれることの歓喜を知ってしまえば、それまでの人生がいかに味気ないものだったかがわかる。

深く繋がった場所からほとばしり出る快感は言うにおよばず、触れあう肌の心地よさや、息も止まるほどの口づけの甘さや、頼りがいのある腕に身をあずける安堵《あんど》感や、そういった恋人から与えられる様々なものを、もうずっと知らずにいた。

むろん和巳とて、二十二にもなっているのだから、彼女がいなかったわけではないが、長続きはしなかった。

和巳の目に——誤魔化《ごまか》しの通じない和巳の目になにか異質なものを感じて、たいていは相手のほうから去っていく。友人であろうと、恋人であろうと。

それでも、信頼に足る人がいなかったわけではない。

いちばん長いつきあいだったのは、『くるみ出版』の先輩の荻野だろう。

外見は普通にイマドキの青年だったが、児童書作りにたずさわりたいというだけあって、裏表のない気持ちのいい男だった。その荻野でさえ、和巳の視線を感じると、なにか後ろめたいような気分になる、と言っていた。

——勝手な思い込みなんだけど。

と、すまなそうに苦笑していた顔が、忘れられない。

和巳は、自分こそが頭を下げたかった。荻野が面倒見のいい、さわやかな男だったからこそ、よけいに他人に負担を与えるこの力を、どんなに呪ったことだろう。

（なのに……）

うっすらと目を開ければ、そこに情欲に燃えた男の、鮮《あざ》やかな感情が揺れる。

これほどまで自分の心情を吐露《とろ》して、そのすべてを和巳に見抜かれているのを知ってもなお、平然としていられる男がいようとは。

確固たる矜持で、すべてを民と国のために捧げて行動する男。

己に対する、嫌悪も否定も憐憫《れんびん》もないから、どんな想いを知られても恥じることはないと、いま乱れたワイシャツの前から逞しい胸を覗かせながら、文字どおり胸襟《きょうきん》を開いてすべてを見せつける男の、強さと、優しさと、美しさに、目眩《めまい》すら感じる。

こんなにきれいな人間がいた。

性欲や嫉妬といった、知られて楽しいはずのない感情ですら、自分が持っているものであれば、一片の卑屈《ひくつ》さもなくひけらかす。

――見ろ！　いま私は、こんなにも貪欲におまえを欲しているぞ、と。

昂ぶった身体だけでなく、胸のうちに漲《みなぎ》る想いのすべてを、和巳にぶつけてくる。

その情熱に、その信頼に、その純愛に、抱かれるたびごとに、和巳は何度も恋をする。

「ありがとう……殿下……」

「ん？　こうされるのがいいのか？」

感謝の意味を取り違えたのか、それともわかった上で、その必要はないと気づかぬふりをしてくれたのか、フリードリヒはにっと口角をあげた。

「では、もっと頑張らねばな」

ぐい、といい場所を抉《えぐ》られながら腰を回されて、和巳は肌を火照らせ、違う、と必死に首を振る。漆黒の短髪の一本一本のさきから、汗が玉になって飛んでいく。

「俺っ、殿下のために……あんっ……！」

力およばずとも、少しずつでいい。

「きっと……ここでっ……」

この国で――寂しげな狼の遠吠えが、仄明るい夜の静寂を裂いて響いてくるこの国で、自分が生きていくために。

そしてまた、愛するフリードリヒの傍《かたわ》らにいるにふさわしい存在となるために、まずは一歩を踏み出すのだ。

（最初は日本人客のお相手でもいい。自分の価値を探すんだ！）

と、浮かれていた和巳は気づかなかった。

フリードリヒの情欲に潤むサファイアの瞳——強力な意志で抑え込まれて、めったに和巳の目にさえ映らない感情が、わずかながら陰っていたことに。

2

翌日、さっそく和巳はリッター宮殿へと、下見に出かけた。

その途中、ヴァイスクロイツェン公爵ことユリウスの居城に寄って、栗原基樹と合流することになっているのだが、これがたいそうな遠回りになるのだ。

首都を見守るかのように、四方の山の中腹に、グスタフ大公の王城をはじめとする大公家の四人の王子の城が建っている。

それを見上げるように建つのは貴族の館、谷間に広がるのが平民の住居と、立地によって明確な身分差があるのだが、唯一ヴァイスクロイツェン家だけは、街を挟んでフリードリヒの居城と対峙《たいじ》する位置にある。

どちらも十五世紀以前に、要塞《フェステ》として築かれたものだが、何度もの改築と拡張工事が施され、様々な時代の建築様式が混在しながら、かつ優美に調和した景観を誇るフリードリヒの城と比べると、ユリウスの居城 Lohental《ローエンタール》は、頑固なまでに中世そのままの造りを残している。

城を守るようにファサードに立ちはだかる、戦いの守護聖人・聖ゲオルクの像を見上げながら、アプローチを回って、正面玄関についたのを見計らったかのように、基樹が顔を出す。

その傍らには、常にローエンタール城の主がひかえている。

柔らかなハニーブロンドと、ピーコックグリーンの瞳が美しい、ユリウス・フォン・ヴァイスクロイツェン。フリードリヒよりふたつ年上の、三十二歳。

フリードリヒが羨《うらや》むほどの長身を、いつもと同じ純白の正装に包んだ公爵は、だが、いつもと違って、不機嫌丸出しの顔をしていた。

(うわー！　感情なんか見えなくても、拗《す》ねまくってるのは、丸わかりだ)

その原因もなんとなくわかっている。

基樹が和巳と出かけるのが気にくわないと、その程度のことなのだ。

「じゃあ、行ってくるからね」

声をかける基樹に、返事すらしない。

「もうー、態度悪いよ。和巳くんが怖がってるじゃない。夕方までには帰ってくるから」

六月とはいえすでに夏真っ盛りを思わせる猛暑の中、襟元ひとつ崩さずに立つ姿には、フリードリヒと似た矜持を感じるのに、恨みがましげに、すがる視線を送っているさまは、見捨てられるワンコ状態だ。

さすがにフリードリヒは、周囲の目もあるし、ここまで偏屈《へんくつ》な態度はとらない。

もっとも、和巳が妻であることは堂々公言しているから、そのぶん、別れの接吻はやたら濃厚だったりするのだが。

「私を一人で残して……」

「しょうがないじゃない。今日は来客があるんだろう。商談相手はなにより大事にしなければいけないって、いつも言ってるのはユリウスじゃない」

パートナーである基樹に諭《さと》されて、ムッと眉を寄せるユリウスの、子供じみた拗ね方が、なにやら可愛いく見える。

そこは騎士だからだろうか、ユリウスは基樹を姫君のように大事にあつかう。

だが、この懐きかたは、ちょっとばかり熱心すぎる。

（基樹さんって、本当にただの仕事上のパートナーなのかな？）

初めて紹介されたときから、和巳は、基樹とユリウスの関係が仕事上のことだけではないような気がしていた。

（なんか、伴侶っぽいんだけど……）

不機嫌丸出しの表情にもかかわらず、基樹に向けるユリウスの愛情は美しい。

それは受け止める基樹も同じで、二人が見つめあう瞬間、ゆるりと満ちる情愛の輝きは、真夏の太陽よりもさらに眩《まぶ》しく、和巳の瞳を細めさせるのだ。

だが、愛という感情の場合、恋愛でも、友愛でも、親子愛でも、これといった差異がない。

もともと和巳の共感覚自体が、人間の負の感情のほうへ特化していたこともあって、愛は愛というそれだけのことで、基樹とユリウスを繋ぐ想いが、恋なのか、信頼なのか、友情なのか、未だに判然としないのだ。

それでも、こんなに美しい絆《きずな》をキラキラと輝く色として見られると、やっかいなこともあるが、この力を持っていてよかったと心底から思える。

（ま、この二人の場合、感情なんて見えなくても、ラブラブなのは一目瞭然だけど）

基樹は二十四歳。日本では百貨店に勤務していたとのこと。さほど得手でもないジュエリー部門に配置され、そこで世界的時計ブランド『ＬＯＨＥＮ《ローエン》』のＣＥＯであったユリウスと知りあったのだという。フリードリヒ曰《いわ》く、金儲けの達人であるユリウスが、どんないきさつかは知らないが、基樹の才覚に惚れ込んで、自分のパートナーに望んだのだと聞いている。

（でも、絶対に仕事だけじゃないよな）

確信はあるのだが、問いただしたことはない。

和巳と基樹――ともに日本からやってきて、異国の地で知り合った、二人。必要とあれば、基樹のほうから話してくれるだろう。それまではヤボなことは訊《き》くまいと、知らぬふりを決め込んでいる。

ユリウスはヴァイスクロイツェン公爵家の、唯一の後継者。子孫を残せない同性を伴侶に選んだとなると、なにかと周囲がかまびすしくなるのは当然で――そのあたりのことは和巳も御同様だから、なんとなく想像はつく。

フリードリヒの場合は、やたらと人気の高い第二王子をうとむ皇太子派に、敬愛する兄と後継者問題で争うつもりはないし、跡継ぎを作る意志などもうとうないことを示すためにも、同性との結婚をあえて公《おおやけ》にした事情がある。

だが、いかに同性婚が許されているとあっても、誰もがそのまねをできるわけではない。その上、『LOHEN《ローエン》』のCEOなどという立場を、片手間でやってしまえるほど辣腕家《らつわんか》であるから、当然ユリウスには敵が多い。その筆頭がフリードリヒだと世間は勝手に思い込んでいるわけで――フリードリヒの伴侶である和巳と基樹が接近するのが、ユリウスにとって決して面白いことではないのもわかっている。

それでも、この国にいる数少ない日本人同士、なかよくしたいのは当然で。

「ご心配なく、ユリウスさん。基樹さんは、俺がちゃんと守りますから」

和巳が頭を下げながら、ユリウスに断りを入れると、憮然《ぶぜん》とした声が返ってくる。

「それは、こちらのセリフだ。きみは殿下の伴侶であられる。いざとなれば、基樹が身を挺《てい》してかばわねばならぬお方。お一人での外出を、よくも殿下が許したものだ」

確かに、今日のお供はSP兼運転手のロイ・テオドールだけだ。こればかりは、和巳も基樹も、まだこちらでの運転免許を持っていないから、致し方ない。

「や、そんな心配ないですって。俺、ちょこちょこ一人で抜け出してるし。SP同伴じゃ息が詰まるし。それに、俺の顔ってそれほど知られてないから」

いくら同性婚が認められていようと、王子の伴侶が同性というのは対外的に心証がよろしくない、とのウォルフヴァルト国教会からの意向もあって、和巳の出自は極力伏せられている。

一度だけ新聞に、二人並んだ宣誓式の写真が載ったことはあったが、それも遠景だったから、顔まではわからない。

その上、こちらの人は、日本人の顔があまり見分けられないようで、基樹といっしょにいると、どちらもいかにもな醤油《しょうゆ》顔だけに、兄弟に間違えられるほどだ。

金モールや勲章で飾られた礼服を、ラフなパーカーとジーンズに着替え、肩からデイパックを提げて、陽射しよけのサンバイザーなどを被れば、どこからどう見ても、ごく普通の観光客になってしまう。

実は、本当に観光客気分だったりする。

こちらに来て三カ月あまりになるが、お偉いさんへの挨拶回りと、ドイツ語や礼儀作法をはじめとした勉強に忙しくて、呑気《のんき》に観光などしている余裕もなかったのだ。

「じゃあ、基樹さん、お借りしていきます」

「どうも日本人は、平和ボケのせいか、少々でなく危機感が薄いようだ。もっとも基樹には最強の守護者がついているから、そういう意味の心配はしていないが……。でも、せめてもっと私が暇な日にしてくれれば、いっしょに……」

「ユリウスに暇な日なんてないじゃない！」

未練たらしく言いつのるユリウスに、基樹はきっぱりと告げて、さっさと車に乗り込んでしまう。車が出たあとも、ぽつんと残された公爵様の礼服姿が、いつまでもその場に佇《たたず》んでいた。

ともあれ、和巳と基樹を乗せた車は、一路、東へと向かう。

首都というには、あまりにもこぢんまりとしたクラインベルグは、エルベ川の支流を挟んで、両岸の斜面に張りつくように階段状に広がっている。

二度の大戦を含めて何度も戦禍《せんか》に巻き込まれながら、奇跡的に破壊をまぬかれたおかげで、中世の雰囲気そのままの街並みが残っているのだ。

これが観光立国ウォルフヴァルトの、もっとも貴重な財産である。

「あそこがMarktplatz《マルクトプラッツ》、朝市が開かれる広場だよ。日本語のガイドブックには『マルクト広場』って書かれてるところ。市だけじゃなく民衆が集まる場だったようだ。中世のころには、公開裁判とか、罪人の処刑とかまでが行われたらしいよ」

お上《のぼ》りさん気分で車窓を見ている和巳に、隣から基樹が、ガイド顔負けの説明をしてくる。

マルクト広場を見下ろすように、ゴシック様式の大聖堂、バロック様式の大屋根が印象的な市庁舎、ロマネスク様式の公会堂など、様々な時代の建築物が並んでいるのが、また壮観だ。

そこを中心に広がる旧市街は、戦いの民族の象徴のような城壁でいまも囲まれている。

白い漆喰《しっくい》に木組みの柱が、模様のように美しく配された住宅。やたらと多い坂道の、赤煉瓦《あかれんが》の石畳。商店の軒先に下がる看板のひとつにまで、歴史が感じられて、お伽話の世界へでも迷い込んだかのような気分にさせてくれる。

「それにしても基樹さん、記憶力いいよね。建築家の名前とかまで……」

こちらでの生活は、基樹のほうが和巳より八カ月ほど先輩で、すでにドイツ語でも片言の会話ならできる。なにより、小難しい名前の数々を実によく覚えている。

「僕はこれといって取り柄はないけど、人の顔と名前だけは一発で覚えられるんだ。まあ、特技といえるかな。漢字がないぶん、こちらの人の名前のほうが覚えやすいくらいだ」

「マジでー？」

「うん。ちょっとしたコツがあってね。下手な変装くらいなら、見破れる自信があるよ」

普段から自慢げなことは言わない、控えめという表現がぴったりの基樹の、意外なほどきっぱりした口調に、和巳はちょっと驚いた。日本では百貨店勤務だったというから、客の顔や名前を覚える裏技とかを、身につけているのかもしれない。

「すごいな。俺なんか、SPの皆さんでさえ、未だに見分けがつかないのに」

「ああ。その点は、あちらも御同様だろうね。たぶん、日本人はみんな同じ顔に見えるんじゃないかな——あ、ほら、見えてきた。あれが目的地」

基樹は林の向こうに現れた、赤煉瓦の壁に整然と並んだ窓が美しい、館を示す。

「このあたりは学生街なんだ。リッター宮殿は、十六世紀半ば、ドイツ騎士団に参加した貴族が建てたものだとか。独立後に公営化されて、数年前までは、宝飾関係の大学のひとつとして使われていたんだ」

「そんな由緒ある宮殿が、なんでいまは放置されてるの？」

「それはおいおい――ここで降りよう。このさきは階段とかあるし、車じゃ無理だ」

ロイは警護のためについて行くと言い張ったが、それは丁重に断って、和巳は基樹と並んで急な坂を上りはじめる。

もともと渓谷に築かれた街だから、坂道や階段がやたらと多い。そしてまた城塞都市であったから、マルクト広場から放射状に走る大通り以外には、あまり広い道路がない。侵入してきた外敵を防ぐ目的で、あえて細い路地を張り巡らせてあるのだという。車も通れない迷路のような道を、市民はもっぱら愛用の自転車で駆け抜けていく。

「暑いねー。陽差しがキツイ」

今日は三十度は軽く超えている。車を降りると、あまりの陽差しの強さにサングラスが欲しくなるほどだが、それでも外出には上着が必須だ。

六月の天候は移り気な女のようだから、とフリードリヒは笑っていた。真夏のような酷暑になったかと思うと、一転、冬のように冷たい雨がそぼ降ることもある。

「うん。いかにも真夏日って感じかな。なのに、寒さ対策にジャケットやパーカーを持ち歩かなきゃならないんだから、面倒だよね」

そう言う基樹は、夏物の麻のジャケットを羽織っている。サラリーマン時代の癖なのか、礼服以外のときでも、いつもスーツで決めている。

ゼーハーと急な坂を上っている和巳達の横を、数台の自転車が楽々と下っていく。

「Japaner《ヤパァーナァ》、がんばってネ」

ヒュー、と口笛が聞こえたと思うと、片言の日本語交じりの声が飛んできた。『Japaner《ヤパァーナァ》』は、そのものズバリ、日本人という意味だが、いまの言い方には多分に冷やかしが含まれていた。

「学生か？　なんだよ、ガキっぽいことするな」

走り去っていく自転車を睨みつけた和巳を、基樹がなだめにかかる。

「本当にガキなんだよ。あれはギムナジウムの生徒だよ。制服を着てたろ。ガタイはいいけど、たぶんまだ十三、四じゃないかな」

「あれでー？　こっちの子供ってデカイな」

「逆に、日本人は子供に見られるんだよね。僕なんか十五くらいに思われてるよ」

「俺も。いちいち訂正するのが面倒でさ。けど、訂正しないと、フリードリヒがショタだと思われちゃうから。同性婚ってだけでも問題なのに、未成年なんて誤解されたらマジでやばいじゃん。こっちって未成年への性的犯罪に厳しいだろう。殿下の評価が、がた落ちになっちゃうから」

プッ、と基樹が、他人事のような顔で吹き出した。

「大変だね、王子様の伴侶ともなると」

たわいもない話をしながら、城壁に沿ってひたすら坂道を上り、ようやく煉瓦色の重厚な建物へとたどりついたころには、二人とも汗だくになっていた。

「ふうん……。こうやって見ると、やっぱりお城だね」

「うん。ギムナジウムや大学、職業訓練学校なんかは、どれも独立後にできたものだから、既存の建築物を流用してる場合が多いんだ」

基樹の説明を聞きながら、大きな観音扉の玄関を開錠する。

一歩、中へと足を踏み入れたとたん、それまでの熱気はどこへやら、ゾッとするほどの冷気に包まれる。外が明るいだけに、鎧戸《よろいど》が下ろされたままの内部は妙に薄暗く、不気味さを誘う。

「暗いし寒いね。電気、通ってないんだ」

デイパックからジャッケトを引っ張りして、羽織っていると、隣で基樹が懐中電灯をとり出した。パッとあたりに光の輪が広がる。

「これ、予備の持ってるから、使って」

「あ、どうも」

用意周到な基樹から、ありがたく懐中電灯を借りて、廊下を進む。

しん、と静まり返った中に、足音だけが妙にはっきりと響く。木霊《こだま》するそれが、まるで自分を追いかけてくるように感じられる。

「うわー、なにか出そうな雰囲気だね」

「実は、本当に出るらしい。最近になって、目撃証言が一気に増えてるから」

「目撃って……幽霊を？」

「そう。こっちの古城って、どこでもひとつくらいは幽霊談があるけど。甲冑《かっちゅう》が勝手に動き出すとか、肖像画の婦人が血を流すとか……。でも、ここのはちょっと特別なんだ。その口ぶりじゃ、あの事件は知らないのかな?」

なにやら含みのある語調で、基樹が問いかけてくる。

「なに、事件って……?」

「うん。ここがまだ大学だったころの話。大公家の方々がよく訪れていらしてたんだけど。三年ほど前、フリードリヒ殿下の視察の最中に、爆発事件がおこったんだ」

「爆発……って、事故?」

いいや、と基樹は厳しい顔で否定する。

「たぶん爆弾テロ。そのときに何人かの学生がケガをして……。殿下のSPの一人が亡くなってるんだ」

爆弾テロ——と、その言葉を頭で反復して、和巳は驚きに目を瞠《みは》る。

なるほど、ユリウスに危機感が薄い、と言われるのも道理。日本にいれば余所事のような言葉が、欧州では現実のものとして使われているのだ。

「外国の……テロリストの仕業《しわざ》?」

「どうだろうね? 犯人は未だに捕まっていない。それどころか目星もついてない。皇太子派の仕業とか、ユリウスも怪しいって疑われたらしい」

「まさか……。いくら殿下のライバル視されてるからって、公爵家の人間を?」

「いろいろと政治的な問題があるんだよ。ユリウスは、大公家の王子に次ぐ王位継承権を持ってるからね。大公家の人間が一人いなくなれば、それだけ自分にチャンスが巡ってくる、なんてことを企んでると考える連中もいるってことだ」

代々、領主の座を争ってきた両公爵家ではあるが、互いの家系が断絶するようなことがあった場合、代わりに大公に立つという盟約を結んでいるのだ。

とはいえ、大公家には四人の王子がいるし——そのうちの一人は継承を拒んで同性の妻を迎えたフリードリヒなのだが——皇太子には、すでに二人の息子がいる。どう考えても、未だに結婚もしていないユリウスに、大公の座が転がり込んでくる可能性はないに等しい。

「ユリウスにもフリードリヒ殿下を狙う理由があるって——まあ、勝手な憶測なんだけど。それ以来、皇太子派、フリードリヒ殿下派、ユリウス支持派の対立が、一気に激化したらしい」

「ああ……そうか」

そもそもフリードリヒが日本に滞在していたのも、花嫁捜しという名目で、身内の過激分子をあぶり出すためだった。

小さな小さな国——たった十万弱の民しかいない、世界で五番目に小さな国。

強大な船長がいなければ、あっという間に周囲の大海に呑み込まれてしまうだろう。

だからこそ、フリードリヒは憂《うれ》えていた。

——我が国も一枚岩というわけではない。

まだ出会ったばかりのころ、ふと漏らした声を思い出す。

あれは、フリードリヒを敵視する者達を言ったのではない。どの派閥より過激な部下を持ち、皇太子を脅かすほどの存在感で民の心を捉える、自らを指した言葉だったのだと。独立して二十年ほど——いま、欧州はかつてない経済危機の中にある。一致団結せねばならないときに、自分の存在が国を揺るがせる、そのことをもっとも危惧していた。

人は愚かだ。そして、哀しいことに、愛はさらに人を愚かにする。

誰もが国を愛するがゆえに、自分の主《あるじ》こそが大公の地位にふさわしいと、思い込んでしまう。

ひいきの引き倒しでしかないのに、このさきも嵐の中での航海が続くなら、せめて自分の信じる船長に命をあずけたいと願うのは、人情というものだろう。

「フリードリヒ殿下が同性のきみを選んだことで、戦線離脱した形になったから、以前ほど露骨《ろこつ》に反目することはなくなって、実際ホッとしてるんだ。国中をあっとびっくりさせたけど、英断だったと思うよ」

「……本当に、そう思う?」

「うん。フリードリヒ殿下は、第二王子としての自分の立場を、本当の意味で自覚なさってる。自らの幸せより、王子として生きることを選んだ方だ。だからこそ祖先の御霊《みたま》が、フリードリヒ殿下に、個人的な幸せを授けられる相手を遣わしてくださったんだよ」

「えーと……それ、俺のことかな?」

「他の誰だっていうんだ。いろいろな意味で、きみは本当に殿下に必要な存在なんだ。政治的に利用されたような感じを受けるときもあるだろうけど……。でも、殿下は、好きでもない相手に、形だけの伴侶の座を求めるような方じゃない」

そう言う基樹の横顔が、懐中電灯の明かりの中でも優しげに輝いている。

「へへ……。なんか嬉しい。基樹さんにそこまで言ってもらえると」

「僕よりきみのほうが、何倍も大変なんだから、気を引き締めてね」

「はい。頑張ります！」

少々の逆風などにはめげないのが自分の唯一の取り柄と、和巳は思っている。

家族を亡くしたあの日以来、それ以上につらいことなど二度と訪れないと知った。いまは愛する人がいるのだ。どんな困難にだって耐えられると、和巳は笑って告げる。

「第二王子のほうが、皇太子より人気があるから、よけいに揉めるんだけど。うん、きみは本当に大丈夫そうだ」

基樹は頷いて、そして、二人しかいないにもかかわらず、なにやら意味深に声をひそめる。

「——で、話は戻るけど。ここに出る幽霊ってのは、その爆破事件のときに亡くなったＳＰの霊だっていう、うわさ」

「ＳＰの霊……？」

「黒いスーツに、サングラスをかけた、金髪の巻き毛の幽霊が、〝Mein《マイン》 Prinz《プリンツ》 Friedrich《フリードリヒ》〟って、殿下のお名を呼びながら、夜な夜な歩き回るってさ。ときには"Ich《イッヒ》 heise《ハイセ》 Walther《ワルター》・Schleide《シュライデン》"と叫んでいるらしい」

「なに、それ……?」

和巳のおぼつかないドイツ語の知識ですらわかる。Ich《イッヒ》 heise《ハイセ》……は『私の名前は』という意味だ。幽霊はフリードリヒの名を呼びながら、その上、ご丁寧に自分の名を名乗っているというのだから、呆《あき》れるしかない。

「ウォルフヴァルトでは、伝統を守る貴族は、魂の名前を持ってるって知ってる? きみは知ってるよね。殿下の伴侶なんだから」

「う……」

唐突な質問に、和巳は声を詰まらせる。

それは伴侶にしか明かせぬ秘密だ、とフリードリヒは言った。

古代の戦士は、自らの名前を知られると、敵に操られると信じていた。十字軍がエルサレム奪還に派遣されたくらいで、無条件に神を受け入れていたのだから、奇跡や悪魔や呪いもまた当然のようにまかり通っていたのだろう。

万物の霊長——唯一、言葉を持つ人間ゆえに、そこに特別な意味を感じるのかもしれない。

ウォルフヴァルトは戦いの民ゆえ、傭兵《ようへい》として他国に出兵する者も多かった。遠い敵地にある者を守るために、親は子に、他人には知られない秘密の名前をつけたのだ。

両親が名付け、伴侶にしか教えない、魂の名前――それさえ敵に知られずにすめば、操られることもないと。日本にも、『真名《まな》』という言い方があるから、なんとなく意味はわかる。

大公家や貴族の家系では、いまもその風習を守っているという。

和巳が教えてもらった美しく勇ましい名前は、ときに雪崩《ラヴィーネ》をおこし、ときに薔薇の槍《ローゼンランツェ》となって祖国を守るという意味の――フリードリヒ・ラヴィーネ・ローゼンランツェだった。

だが、それは相手が誰だろうと――たとえ大公家の兄弟だろうと、明かすことのできない秘密、一生をともにする伴侶だけが打ち明けてもらえる、大事な名前だ。

ユリウスも公爵である以上、秘密の名前を持っているのだろう。それを基樹が知っているとなれば、間違いなく基樹はユリウスの伴侶だ。

「実はね、僕の本名も、読みは『もとき』だけど、漢字が違うんだ」

黙《もく》してしまった和巳の気持ちを察したのか、基樹が口を開く。

「ウォルフヴァルトに移住するときに、ユリウスから改名したほうがいいって言われて。本名を秘密にしていれば、危険から遠ざけられるって、本気で信じてるらしくって」

「へえー？　ユリウスさんって、進歩的な人かと思ってたけど」

「両極端なんだよ、彼は。金儲けに関してなら柔軟で革新的だけど、伝統を守ることにかけては、大公家より頑固だから」

「うん。わかる……」

そんなふうに、名前にまつわる言霊《ことだま》が生きている国なのだ。

「それはウォルフヴァルトに根づいている風習だから、たとえ魂の名前を持たない庶民だろうと、SPともあろう者が、うかつに自分の名前を名乗って回るはずはないんだ」

「つまり、その幽霊は……ウォルフヴァルトの民じゃない？」

「少なくとも、保守派じゃないね。これが、そのとき亡くなった人……」

基樹はジャケットの内ポケットから、一枚の写真をとり出して、和巳に見せる。

「ワルター・シュライデン。幽霊はこの人の名を呟いて回ってる」

懐中電灯で照らせば、はにかんだような笑顔の青年が写っている。和巳が見知っているSP達とはずいぶん印象が違う。

「まだ……若いような感じがする」

「そう。二十四歳だった。訪問さきが学校だってこともあって、あまり物々しくない、新入りのSP達を警護に当たらせたんだって。それが裏目に出て、あたら若い命を散らせてしまった」

「………」

SPになる以上、命を懸ける覚悟はあるのだろうけれど、実際に亡くなっている人がいるというのは——それも和巳と同い歳の若者がとなれば、やはりショックは隠せない。

「殿下が俺をここによこしたの……、もしかして、古城ホテルの件だけじゃないのかな？」

「——と思うよ。けど、殿下は自ら動くわけにいかない。たかが幽霊騒ぎで大仰な、と大公家が笑いものになる。あそこはあそこで敵が多いから。ま、ユリウスもその一人なんだけど、今回のことに関しては殿下の味方だから。国のために散った命を弄《もてあそ》ぶようなことは、ユリウスだって許さないよ」

そこまで言って、基樹はぽんと和巳の肩を叩き、どこか含みのある笑顔を見せる。

「でも、きみなら話は別だ。日本から来たばかりだし、殿下の伴侶なんだから、殿下の名を呟きながらさまよう幽霊のうわさがあったんじゃ、気にするのが当たり前だろう」

「うん、だよね。俺が暴いてやる。幽霊の正体を！」

「僕も人の顔を覚える特技があるから、なにか手助けができると思うよ」

よし、と手のひらを打ち合わせて、ここに幽霊退治コンビが誕生したのだ。

と、そのときだった。懐中電灯の仄明かりしか見えない薄闇の中、どこからか声のようなものが聞こえてきた。

――…Prinz《プリンツ》…

かすかな泣き声のような、それ。

――Mein《マイン》…Prinz《プリンツ》 Friedrich《フリードリヒ》…

私のフリードリヒ王子、と呼ぶ声。

とっさに和巳と基樹は顔を見合わせた。

「聞こえた、いまの？」

「うん。あっちだ！」

言うのももどかしく、和巳は走り出した。

こちらの幽霊は昼間っから出るのか、と湧き上がる怒りで頭が沸騰《ふっとう》しそうになる。

フリードリヒのSPの死を弄ぶ——それでいちばん傷つくのは誰だ。当のフリードリヒではないか。こんなことを許しておけるか、と切れ切れにフリードリヒを呼ぶ声を追って、暗い廊下を進んで曲がって、いくつかの扉を抜けたさき、唐突に広々とした空間に出た。

祭壇の上に十字架がかけられているところを見ると、どうやら礼拝堂らしい。

ステンドグラスの窓から差し込む陽光が、整然と並んだ長椅子や床に、ゆらゆらと絵模様を描いている。

採光されているとはいえ、アーチ形の柱に支えられた高い天井や、壁際のあたりには、なにやら不気味な感のある薄闇が影を落としている。

「ど、どうした？　誰か見つけた？」

ようやく追いついてきた基樹が、息を乱しながら訊いてくる。

どうやら、身体を動かすのは、あまり得意ではないようだ。

「ううん。でも、確かにこっちのほうから……」

あたりを見回していた和巳は、ふと澱《よど》んだ空気の中に、不快な色合いを見たような気がした。

慣れた感覚だ。

それは、周囲の明度など関知せず、無遠慮に和巳の目に飛び込んでくる。

和巳の共感覚が捉えるもの——人間の強い負の感情だ。

「あそこ……誰かいる！」

壁際に設《しつら》えられた螺旋《らせん》階段の上、二階に繋がるあたりに、人の気配を感じて、和巳は基樹に囁きかける。つられて、基樹もそちらをうかがう。

——Mein《マイン》 Prinz《プリンツ》 Friedrich《フリードリヒ》.

今度こそ、その声は、二人の耳にはっきりと聞こえた。

慕うように、探すように、請うように響く。

ひっ、と隣で基樹が息を呑んだ。螺旋階段の踊り場の闇の中に、白い顔だけが浮かび上がっている。金色の巻き毛が弱く光を弾く。

——Ich《イッヒ》 heise《ハイセ》 Walther《ワルター・》 Schleide《シュライデン》.

そして、うわさどおり、幽霊はわざわざ名乗ったのだ。ワルター・シュライデンと。

「うそだ！」

「その名は違う！」

和巳と基樹が、ほとんど同時に叫んだ。

それは日本語だったが、怒鳴られたことに幽霊のほうが驚いたのか、そのまま身を翻《ひるがえ》した。

その動きで、ちゃんと身体があるとわかる。顔だけ浮いて見えたのは、黒っぽい衣服が周囲の闇に溶け込んでいたせいだ。

慌てて螺旋階段を上ると、そこに別棟へと繋がる扉があった。開け放たれた向こうに、パタパタと駆け去っていく何者かの足音が響いている。

「追いかけるよ！」

言うより早く、和巳は懐中電灯を闇に向けて走り出す。背後から、待ってよ、と情けない基樹の声が追ってくるが、ともかくいまは幽霊を捕まえるのがさきと、目を凝《こ》らす。

その姿は闇にまぎれて見えないが、和巳の目には、何者かから溢《あふ》れ出す、まぎれもない人間の生々しい感情が見える。

「なにが幽霊だ。あの野郎っ！」

怒りに臓腑《ぞうふ》が煮えくり返る。フリードリヒのSPを――命を国に懸けた者を、こんな戯《ざ》れ事に利用する。そう、これはお遊びでしかないと、和巳にはわかる。いま、和巳の目が捉えている色が如実《にょじつ》に物語っている。

だが、それすらも闇の中に消えていこうとしたとき、唐突に駆け去っていく足音が増えた。笑いさざめく幽霊が、分裂して四方八方に散らばっていく、そんなふうに聞こえた。そのすべてが徐々に遠ざかっていき、ようやく和巳はあきらめとともに歩を緩めた。

「こっちの幽霊って、足があるんだっけ？」

ゼーハーと息を乱しながらようやく追いついてきた基樹に、背中で問いかければ、切れ切れの答えが返ってくる。

「……だね。日本の幽霊と違って、ポルターガイストとか、うるさいほどだっていうし。その上、分身の術を使うのかな？」

「いまのは、走って逃げられる元気いっぱいな人間だよ。単にお仲間がいるってだけ」

「そして、ワルター・シュライデンでもない。あの顔は絶対に違う」

人の名前と顔を覚えるのが特技の基樹は、薄闇の中で一瞬だけ見た顔を、さきほど見せた写真の人物とは別人だと断言する。

どんな自信が言わせるのか、和巳は知らないが。

でも、自分の力なら、よく知っている。

だから、大きく「うん」と、うなずき返して、言う。

「そうだね、絶対に違う。俺も見た……」

あれは絶対に、二十四歳のワルター・シュライデンの感情ではない。

和巳の目が見たものを――幽霊の正体を、基樹はまだ知らなかった。

3

「なるほど。幽霊の正体見たり枯れ尾花《おばな》、というわけか」

政務の疲れを癒すように、ソファで和巳をぬいぐるみ抱っこしていたフリードリヒが、背後でぽつりと呟く。

どこか安堵感を滲《にじ》ませた口調に、幽霊騒ぎを気にしていたことがうかがえる。

「枯れ尾花どころか、元気いっぱい、速攻で逃げてったよ」

「それが、本当に人間だという確証はあるのか？」

「俺の共感覚は、霊能力的なもんじゃない。生きてる人の感情を波動として捉えるだけだから、あれだけ生々しい感情が見えるってことは、幽霊のはずがない」

「幽霊に感情はないのか？」

「だから、知らないってば。霊感はないんだから。俺が見たのは人間だよ。怒りか嫉妬か――いちばん俗物的な感情だった。訓練されたSPは、どんなに殺気立ってても、あんなみっともない感情は垂れ流さないよ。だから、妙なうわさは気にしないで」

「ふん、気になどしていない。私のSPは皆、心からの忠誠を誓っている。その結果、命を落とすことになっても、未練を残したりするものか。すべて覚悟の上で私に仕え、納得して危険に挑んでいるのだ」

恨みがましくさまよい出てくるSPなど一人たりともいない、とフリードリヒは信じている。信じてはいるが——それでも妙なうわさが耳に入れば、いい気はしないのだろう。

「人間なんだから、捕まえる方法はあるよ。明日から、基樹さんといっしょに、幽霊捕縛《ほばく》作戦を決行するから」

「おまえと栗原とでか？」

なんとも頼りがいのない捕縛隊に、フリードリヒが不安の色を露わにする。

「どんな相手かもわからないのに。やはりSPをつけるか？」

「いいよ。街中を黒服軍団引きつれてなんて、歩けないって。かえって目立っちゃって、相手が警戒しちゃうから」

「だが……」

「それに、そんなに危険な相手じゃないから。あのとき見えた感情で、どんなやつか想像はつく。普通の一般市民だよ。大事にすると、あとあと困ることになる」

「本当か？」

「うん。基樹さんも同じ意見。明日、めぼしい場所を当たってみる。もしかしたら犯人が見つかるかもしれない。だから、あとは幽霊退治コンビにおまかせ、ってね」

爆発事件があったのは三年前。なのにここ数カ月で目撃者が増えた——つまり、和巳がフリードリヒの伴侶となって、ウォルフヴァルトにやってきたころからだ。

となれば、あの幽霊は、フリードリヒが和巳を選んだことに、不満を持つ者。

フリードリヒ信奉者ではあるが、側近くで働いている者ではない。遠くからあこがれて見つめているとしかできない――いわゆる追っかけの類だ。だから公開されていないはずの、和巳の顔も見知っていた。

礼拝堂で和巳を見た瞬間、それがフリードリヒの心を射止《いと》めた日本人の小僧だとわかったから、いかにも俗物的な嫉妬をぶつけてきたのだ。

恋敵《こいがたき》と見られたからには、売られた喧嘩は買わなければ、それこそ男がすたる。

(それに、たぶん相手は……)

と、和巳は唇を噛む。

自分が見たものに間違いがないとすれば、わざわざフリードリヒに知らせることはない。

知れば、フリードリヒは、より哀しむことになる。

どうして？　と失意にくれることになるだろう。

「それより、基樹さんってすごいんだね。こっちの人の顔と名前を、一発で覚えちゃうんだから。ドイツ語名って、カッコいいけど長ったらしいじゃない。それに、顔なんて、みんな同じに見えるのに、どうやって見分けてるんだろう」

少々わざとらしいと思いつつ、和巳は話題を変える。

フリードリヒはなにを思ったのか、しばしのあいだ、黙したまま考え込んでいる。

やっぱり誤魔化しは通じないかなと思っていると、背後から和巳の肩にのっしりと乗りかかりながら、フリードリヒが問うてきた。

「栗原について、なにか気づいたか？」

「なにかって……なにを？」

「どこか普通とは違わないか？」

「え？　いや、すっごく普通じゃない。適度に愛想がよくて、体力は十人並み。努力型の典型的日本人。人の顔や名前を覚える特技は、百貨店勤務だったからだろうし」

「特技ですむと思うか？　確かにあの能力はずば抜けている。私のSPの名前でも一発で覚える。ユリウスの秘書として、あれほど有能な者もいなかろう」

「うん、そりゃそうだろうね」

商談相手の顔と名を、その場で覚えてしまうのだから、相手だって機嫌がよくなろうというものだ。当然、取引も巧くまとまる。

そういう意味では、確かにユリウスにとっては最高のパートナーだろう。

「だが、どうも栗原の能力には、なにか秘密がある。以前から気になっていたのだ。なにか名前に関することで、他人より敏感な部分がある」

「うん。まあ、確かにすごい記憶力だとは思うけど……。なにか秘密があるとして、それ、どうしても知りたいの?」

「むろんだ。ユリウスの弱みになることなら、是非《ぜひ》とも知りたい」

「あのねー」

困ったものだ。ようは、単なる意地の張りあいなのだ。

大公家は身分で、ヴァイスクロイツェン家は財力で、他者を圧倒しているが、どうせならその両方とも手中にしたいと、どちらも思っているのだろう。そうやって張りあうことで、より高処を目指せるのなら、ライバルの存在は決して無意味なものではない。

「どうしたら、あの傲慢《ごうまん》ギツネの鼻をあかしてやれるものか。――なにしろ、そう簡単に尻尾を出してはくれないのでな」

むろん、こういう子供じみた対抗意識さえ、持たなければの話だが。

「俺、基樹さんの秘密は探らないよ。自分がされたくないことは、他人にしちゃいけないって、昔、お姉ちゃんに言われたんだ」

和巳だって自分の力は、むやみに知られたくない。たとえ、基樹のあの驚異的な記憶力の裏にどんな秘密があろうとも、本人が打ち明けてくれない以上、探る気はない。

「おまえの姉は……詠美といったな。十歳でそこまで考えていたのか?」

「そうだよ。殿下より、よほど大人だったよ」

「む……」

「いろいろ教えてくれたんだよ。俺の力のことも、アドバイスしてくれた。どんな感情が見えようと、あんまりじろじろ他人を見ちゃだめだって。確かにそうなんだけどね。心の中を覗き見してるようなもんだから」

「だが、どんな力であろうと、おまえの姉は、それを喜んでくれていたのだろうな」

「うん。二人だけの秘密だった」

いまも思い出す。

詠美が笑うたびに、喜びがキラキラと輝いていたことを。

あんなにきれいなものを、和巳はずっと知らなかった。フリードリヒに出会うまでは。

「ずっとおまえを守ってくれた姉に誓おう。これからは、私がその秘密を守っていくと。おまえの心も身体もいっしょに」

いまもその深い愛情の色は、ぬいぐるみ抱っこされた和巳を、柔らかく包んでいる。

「うん。けど……もう二人だけの秘密じゃないよ。オーナーも知ってるから」

「…………」

とたんに、背後の男が沈黙する。肩越しに仰げば、不快感丸出しの渋面がある。

これればかりは、感情の色など見えなくても、表情だけで、じゅうぶんふてくされているのがわかる。こうなると、フリードリヒもユリウスも五十歩百歩だ。

「えーと、でも、オーナーなら誰にも言わないし、知らんぷりしてくれるよ」

「だろうな。私が、白波瀬のどこが気に食わぬかといえば、平然と知らぬ存ぜぬを決め込める、あの厚かましさだ」

他人のことが言えるのかよ、と和巳は苦笑する。

自分だって本性を隠して、誰もが畏怖《いふ》する『炎のフリッツ』を演じているくせに。

皇太子のハインリヒが、内政を司《つかさど》る長なら、フリードリヒは第二王子として、外交問題に当たっている。観光も重要な産業のひとつであるから、民のため、国のためなら、世界中をだましても、ウォルフヴァルトは平和で豊かな国だと、笑顔で言いつくろうことだろう。

現に、爆弾テロ事件のことなど、基樹から聞くまで、和巳はまったく知らなかった。もっとも、こんな小国のテロ事件など、日本でニュースになるはずはないのだが。それでも、ウォルフヴァルトについてはあれこれと調べてきたつもりだった。とはいえ、資料を用意してくれたのはフリードリヒだから、聞こえのいいことばかりが抜粋してあったのかもしれないが。

お伽話のような街並みのせいか、ついつい呑気な田舎街だと錯覚してしまうが、一歩国境を越えれば、そこはすでに他国。

ぐるりと海に囲まれている島国の日本では忘れがちな、他国の脅威と文字どおり接している。

そして、どんな危険が待ちかまえていようと、フリードリヒなら、恐れず、怯まず、まっすぐにその道を行くだろう。

ふと心中を横切った不安に、背後の男の存在を確かめるように、肩越しにキスを贈る。

「どうした？」

むろん、フリードリヒがそれを拒否することはない。気がつくと向かいあう体勢になっていて、食《は》みあう唇はより深くなっていた。

「あのさ、言いにくいこともあるんだろうけど、俺、だまってられるのもいやだからね」

キスの合間に告げれば、フリードリヒのサファイアブルーの瞳が、悪戯《いたずら》っぽく輝く。

「わかっている。だから、今度のことも、おまえに頼んだのだ」

「それって、古城ホテルの件だけじゃなく、幽霊退治もってこと？」

「違う。私のＳＰにかけられた汚名をそそいでくれることを、だ」

「うん。それならいい」

納得に笑んで、和巳は口づけを深くする。

すでに十一時近いのに、窓の外はおぼろげな宵闇《よいやみ》色。部屋に響くのは、ぴしゃぴしゃと濡れた音と、夜の森に生きるもの達の声。

ドイツで有名な黒い森《シュヴァルツヴァルト》は、赤頭巾《あかずきん》ちゃんの話に出てくるような、昼なお暗い鬱蒼《うっそう》とした森をイメージするが、意外にも草原や牧草地があって、森と田園風景が混在している。

中世のころから人の手が入っていて、いまは道路も整備されているし、観光客だけでなく市民がジョギングやハイキングなどのレクリエーションに使うので、原生林はあまり残っていないと聞いた。狼や熊といった危険な動物も、すでに絶滅していると知って、ちょっとばかりショックだった。

だが、いま耳にする、どこか呑気な梟《ふくろう》の鳴き声の合間に交じるのは、狼の遠吠えのようだ。

それとも、あれは風の音だろうか。

太古からの森の記憶が、梢《こずえ》を揺らしながら木霊してくるのだろうか。

「狼……いないんだよね？」

和巳は口づけのあいだから問いながら、横目で窓のほうを流し見る。

「それはドイツの森の話だ。ここはウォルフヴァルト——まさに〝狼の森〟の名のままに、どこかにひっそりと生きていても不思議はあるまい」

なにがおきても不思議のない国。

あざとく作られた幽霊談より、森にひそむ狼のほうが、よほど真実味がある。

人知れぬ山中で、息をひそめながら細々と生きのびてきたもの達が、仄暗い夜に吠える。

愚かな人間達を、さぞや嘲笑《あざわら》っていることだろう。

——本当の恐怖を忘れたのか？

と、鋭い牙を剝き出して。

4

「さあー、今日こそエセ幽霊を捕まえるぞ！」

翌日、陽が西に傾くころ、和巳と基樹は、再びリッター宮殿への坂道を登っていた。

「でも、昨日の今日で、姿を現すかな？」

基樹が、怪訝《けげん》そうに問う。

「現すさ。あっちの目的は、フリードリヒ殿下を引っ張り出すことだ。俺が来た以上、本格的に脅しをかけてくる。俺が殿下に泣きつくのを期待してね」

「けど、それはこっちの予測が当たっていた場合だろう。もしも、もっとやっかいな——たとえば反フリードリヒ派の仕業だったら、きみの身が危険にさらされることに……」

「それはない。相手は俺の予想どおりだから。賭けてもいいよ」

「すごい自信だね」

「基樹さんが、人の顔や名前を覚えるのが得意なように、俺にも特技があるってこと」

螺旋階段に浮かんだ白い顔が、和巳に向かって発した諸々の感情——あれには覚えがある。

ある年代の人間特有のものだ。

「お泊まりグッズ、持ってきた？　長期戦になるかもしれないけど」

「もちろん。最後までつきあうよ。予想どおりの相手なら、僕だって文句を言ってやらないと気がすまない。きみのつたないドイツ語じゃ、たぶん通じないから」

「はい、頼りにしてます」

和気藹々《わきあいあい》、幽霊退治に向かう二人の後ろで、今日こそはSPの任務をまっとうせねば、と気概《きがい》を漲らせた運転手のロイが、お泊まりグッズでぱんぱんになった二人ぶんのトランクを引っ張りながら、ゼーハーと息を荒げている。

そうして、やってきたのは、昨日の礼拝堂だ。

「俺なりに調べたんだけど、三年前に爆発事件がおきたのは、この礼拝堂なんだって？」

「そう。だからわざわざここに出たんだろう。目撃証言も、ほとんどがここでのものだし」

「でも、鍵が閉まってるのに、目撃した人はどうやって中に入ったの？」

「近隣の学生達が、肝試しとかしてるらしい。どこかに、もぐり込める秘密の通路があるんじゃないかな。三年も放ってあるんだ。鍵のひとつくらい外せるよ」

「肝試しか……。それならまだ、可愛げがあるんだけど」

呟きつつ和巳は、整然と並ぶ長椅子のひとつに腰掛けて、持参したパンをとり出して、おやつ代わりにかじる。基樹がそれを見て、微笑む。

「和巳くんって、意外と度胸あるよね。こんな場所なのに、ちっとも怯えてない」

「幽霊なんていないよ」

怖いわけがない、と和巳は苦く呟く。

本当に霊魂などが存在するのなら、五歳の少年一人を残して逝ってしまった両親や、弟を大事に想っていた姉が、心配して現れてきてくれたっていいはずだ。

でも、そんなことはありはしない。

優しかった家族の思い出は、いつも和巳を力づけてくれたけれど、それでも死者は語る言葉を持たない。どれほど会いたいと願ってもかなうことはない――それが、生と死を分かつ絶対の理《ことわり》だと、和巳は知っている。

だから、よけいに腹が立つのだ。

ありもしない幽霊話をでっちあげて、他人を傷つける連中が。

宿泊の準備をすませると、和巳は荷物の中から、心当たりのところから借りてきたファイルをとり出した。

「じゃあ、目を通してくれる。三冊ほどあるけど、時間もたっぷりあるし。でも、本当に、昨日のあれだけで顔を覚えたの？」

「ああ。たぶんね。昨日は確かに一瞬だったけど。なんか本名のほうが反撃したっていうか、俺はワルター・シュライデンじゃないって、びしっと印象を感じたから、覚えてると思う」

「本名が反撃……？」

こんなふうに基樹は、ときどき奇妙な表現を使う。

「あれね、たぶん本人にも後ろめたい部分があるんだよ。で、無意識に本名のほうが偽名に造反したんだろうな。もっとも、市民全員の写真と照合しろって言われたら、さすがに無理だけど」

「それは大丈夫。年齢を考慮に入れれば、百人程度に絞り込めるはずだから」

「わかった」

うなずいて基樹は、分厚いファイルのページを繰りはじめる。

ドイツ語の名前が印字された身分証明写真がずらりと並んでいるだけで、和巳にはさっぱり見分けがつかない。本当にこの中から、あのときのエセ幽霊を見つけ出せるのだろうか。

だが、和巳が自分の共感覚を信じているように、基樹も自分の記憶力を疑っていない。不安めいたものは微塵《みじん》も感じないから、まかせることにする。本名のほうが偽名に反撃した、という言い回しが、なんとなく気に入った。

しばらくすると退屈な作業に飽きたのか、ロイが、そのへんを見回ってきます、と場を外す。

「――これだ！」

基樹は、自ら見つけた幽霊の正体に驚いたようすで、一枚の写真を指さした。

「え？　こいつ……？」

和巳と基樹は、顔を見合わせた。

借りてきたファイルは、近隣の学校の在校生名簿だったのだ。

予想はしていたものの、まさかこの国で、殉職したSPを幽霊ゴッコの材料にして弄ぶ学生がいるなんて、と驚愕より失望に二人は顔を曇らせた。

「きみの言ったとおりだ……。ギムナジウムの八年生……！」

基樹が憤《いきどお》りも露わに言いかけたとき、どこからか聞こえてきた、かすかな声。

――Mein《マイン》...Prinz《プリンツ》...

和巳と基樹は、礼拝堂のアーチ形の天井を仰いだ。

その声は、二階へと続く薄闇のあたりから響いてくる。

――Mein《マイン》 Prinz《プリンツ》 Friedrich《フリードリヒ》.

はっきりと聞こえた名は、フリードリヒ。

だが、その声は一人ではなかった。

――Friedrich...Friedrich...Friedrich!

まるで和巳と基樹を嘲笑うように、何人もの声が、四方から木霊してくる。

「うるさい、ガキどもっ！」

思わずぶち切れた和巳が、薄闇に向かって声を荒らげる。

「なにをしてるのかわかってるのか？　日本人の俺でさえ、SPの悲報を聞けば胸が痛む。なのに、ウォルフヴァルトの学生が、よくもこんなことができるな！」

どんなに怒鳴っても、日本語だから通じるはずはない。それでも言わずにいられない。

「幽霊騒ぎをおこして、面白がっているだけなんだろう、おまえら。それとも、賭けでもしてるのか？　フリードリヒ殿下が本当に足を運ぶかどうか？」

　怒鳴りながら、基樹の手元の在校生名簿に視線を落とす。

「そいつの名前は？」

　和巳の問いに、慌てて基樹が答える。

「え？　あ、エルマー・シュルツ」

「エルマー・シュルツ、十三歳！　いるんだろう、そこに？」

　発音はカタカナだが、それでも名前は通じたようで、からかいの声がぴたりとやんだ。

「他の連中もだ。子供だからって、なにをしても許されると思うなよ！　国に命を捧げた者の名を、ゲーム気分で弄ぶ……それがウォルフヴァルトの男のやることとかっ？」

　声をあげればあげるほど、怒りは胸に燃え盛っていく——許せないと。

　幽霊の正体は、見た瞬間にわかった。

　あれは、十三、四歳の子供にありがちな、思春期独特の感情だった。

　中学のとき、似たような色合いが周囲に溢れていた。

　幼い子供ならもっと単純に怒る。大人ならもっと外面だけはつくろう。そのどちらでもない、不安定な感情の塊《かたまり》。嫉妬し、怒り、憎み、拗ねて——理性で制御できないそれらを、剝き出しのまま、和巳にぶつけてきた。

　フリードリヒが、たかが日本の男を伴侶に選んだ。それがムカつく、許せない。なにか思い知らせてやる方法はないかと考えたあげくが、たぶんこの幽霊騒ぎ。

「殿下が愛した民が、殿下のSPを貶《おとし》めるなんて、狼の民の誇りはどこに消えたっ！」

和巳は、闇に隠れた者達に向かって叫ぶ。

姿を現せと、どの面をさげて、こんなことをしているのかと。

言葉が通じなかろうと、この怒りは、この憤りはわかるだろう。心を持つ人ならば。

「いいか。おまえらみたいなのを、日本では、恥知らずっていうんだ！」

安穏《あんのん》とした場所で、退屈をまぎらわすためのゲームに興じる——それが、自分達が慕っている王子を、どれほど哀しませることかも知らずに。新たな刺激を求めて、勝手気ままに他人を巻き込む。その鈍感さこそが、幽霊よりも始末に悪い。

「下りてこい、ガキどもっ！　ここで、俺の前で、おまえらの正義を論じてみろ！」

そうやって遊べる安全さえも、苦難の道を乗りこえてきた人々が作ってくれたものなのに、それすら忘れて死者を冒瀆《ぼうとく》する、その心根が許せない。

自分の中に、こんなにも激しい怒りがあったなんて、と脈打つ鼓動が不思議になる。

もうずっと激怒の感情は、和巳の目に不快なものとしか映らなかった。あんな歪《ゆが》んだものをと思うと、自分が怒ることもいやになった。笑っていられれば、そのほうがいい。ずっといい。

だが、いま、湧き上がる憤りのままに叫んでいる自分に、一片の嫌悪も感じない。

正しい怒りなら、それは卑下《ひげ》する必要のないものなのだと、ようやくわかった。

「さあ、俺の前にその顔を見せてみろ！」

その声に応えたわけでもあるまいが、キイと礼拝堂の扉が開いた。

「——もう、それくらいにしてやれ」

え？　とその場の全員の意識が、扉のほうへと向く。

祭壇からまっすぐに続いたさき、まだ沈みきらない陽を背に、長身の男のシルエットがある。ゆるりと歩を進めてくる男の顔は、定かには見えない。だが、凛と響くその声の主が、和巳にわからないはずがない。近づいてくるにしたがって、背まで垂れる金髪と白い礼服の姿が、はっきりと見えてくる。

「フリードリヒ……殿下……」

基樹の口から、思わずという感じで、ぽろりとその名がこぼれ落ちる。

本当に王子が姿を現すとは思ってもいなかったのだろう。礼拝堂の薄闇の中で、ゴクリと息を呑む気配がする。

「ここが事件のあった場所——私の騎士が命を落とした場所だった」

フリードリヒは、目の前にある祭壇に向かうと、そう言って膝をつき、手にした花束を十字架の下に置いた。

すでに修復されて、破壊の跡はまったく残っていない。

だが、フリードリヒもその場にいたのだから、目裏には当時の惨状が、くっきりと焼きついていることだろう。一時たりとも忘れたことはないはず。

「あの事件のあと、復旧工事の最中から、私と対立する者達は、若くして逝ったSPは無念だっただろう、と囁きあっていた。それが、いつか幽霊談になってしまった。そのせいで、かえって私は身動きがとれなくなってしまった」

どんなにか、この場に来たかったことだろう。なのに、亡くなった部下のために花を手向《たむ》け、祈りを捧げる——たったそれだけのことが、王子の身では難しいのだ。

幽霊の正体見たり枯れ尾花、だとわかったいまだからこそ、足を運ぶことができた。

ただ祈りのために。

散った命を悼《いた》むために。

よりよい未来を約束するために。

フリードリヒが両手を組んで、祈りを捧げる姿を見て、さすがにとんでもないことをしたと気づいた生徒達が、一人、また一人と、螺旋階段から下りてくる。

全部で五人。体格はいいが、顔を見ればやはりどこか子供っぽさが残っている。

中に、見覚えのある顔がふたつ。エセ幽霊をやっていた少年。もう一人は、昨日、自転車ですれ違いざま、片言の日本語でからかってきた少年だ。

立ち上がったフリードリヒが、少年達を見回して、ため息を落とす。

「こんな子供らが、他人が怯える姿を面白がって、幽霊騒ぎをおこしたのか」

自分のSPの死を弄ばれて悔しくないはずはないのに、そのことは口にしない。

ただ微苦笑を刻んで、和巳に告げる。

「幽霊退治、ご苦労だったな。学生達の悪戯とわかって、安堵した。おまえのおかげだ、和巳、そして基樹にも、心から感謝する」

その笑みが切なくて、和巳はどんな反応を返していいのかわからなくなる。

「どうするの……この子達？」

「私の騎士を悼むのは、私だけでいい。我らが苦難を乗りこえてきたからといって、そのつらさを理解しろと、子供に押しつけるわけにはいかぬだろう」

どれほど憤っていても、子供の悪戯でしかない以上、叱ることしかできない。

「とはいえ、ウォルフヴァルトの歴史は正しく伝えなければならぬな」

フリードリヒは全員を整列させ、一人一人の前に立ち、その顔を確認する。

歯の根も合わないほどに震えうつむく少年達の顔には、敬愛する王子を前にした緊張と畏怖が溢れている。悪気からだけではなかったのだ。あこがれだけは、本物だったのだと思う。

そんな彼らを、フリードリヒは穏やかだがきっぱりとした声音で、諭しはじめる。

ドイツ語がわからなくてよかったと、心底から和巳は思う。フリードリヒが、この子供らを許す言葉など聞きたくない。

国を、民を、愛するあまり、決して怒りを向けることのできないフリードリヒの、こんなときでさえ哀しみだけを背負っている姿が、和巳には切ない……切なくてつらい。

人口十万あまりの国など、ベルリンの壁が崩れたあの激動の時代に、吹き飛んでしまっても不思議ではなかった。

ユリウスの両親は、独立前にいち早く東ドイツに渡り、そのまま消息を絶った。

海外在住の資産家達は、復興のためにこぞって資財をつぎ込んだ。

貴族達は大公家の指揮のもと、無償で内政を立て直しつつ、独立への外交努力を続けた。

もうどこの属国にもならない——今度こそ揺るぎない祖国を手に入れるために、どれだけの命が失われたか。その命のぶんまで人々は一丸となって、苦難に立ち向かったのだ。

そうしていますべての学校は公営で、貧富の差など関係なく、子供達は能力さえあれば、誰もが好きな道を選ぶことができる。

未来は、洋々として彼らの前に広がっているのだ——ただ望み、努力さえすれば。

なのに、よりよい明日を築くはずの学生達が、暇潰しのゲームにうつつを抜かす。国のために散った命を弄ぶ。

(なんて……なんてくだらない顚末《てんまつ》だ!)

5

一日の疲れを流し、バスローブ姿のフリードリヒは、ベッドに腰掛けて安堵のため息をついた。和巳は背後で、言葉少なに濡れた金髪を拭いてやっている。

「どうした？　やけに静かだな」

胸の中にまだ怒りはくすぶっているが、それは二人だけの時間に持ち込むものではない。

「俺、今夜は、狼さんを襲っちゃう」

唐突に言って、金髪に覆われたうなじに口づけながら、フリードリヒの首に抱きつく。

「おや？　どういう風の吹き回しだ」

目を瞠り振り返ったフリードリヒを、和巳はベッドに押し倒す。むろん力でかなうわけがないから、フリードリヒのほうが仰臥《ぎょうが》してくれたのだが。それをいいことに馬乗りになって、ローブの前をはだけ、いつもは自分を抱き締めてくれる逞しい胸に口づける。

ついばみながら腹筋をくだったさき、雄々しく勃ち上がりはじめているものの先端をちろりと嘗めたあと、ためらいを振りきって亀頭部をいっぱいに口に含む。自分の口腔《こうこう》内で、ドクンと欲望の脈動が響く。和巳はめったに自分から口淫することがない。フリードリヒもまた、それを強要したりしない。

和巳にとっては慣れない行為だが、今夜は別だ。

他のことなどひとつも考えさせないと、咥《くわ》えきれない部分は手を添えてしごきながら、笠のくびれや裏筋に舌を這わせて食む。つたない技巧にもかかわらず、フリードリヒの性器はいっぱいに漲ってくる。それが嬉しくて、喉奥にえずくような感覚が走っても、意地で続けていると、伸びてきた手が、和巳の髪をつかんで優しく引きはがす。

「王子をさきにイカせようとは、不敬にすぎよう。お仕置きが必要だな」

無理な口淫をやめる理由をくれた男が、そのまま和巳を抱き寄せ、双丘をわしづかんで二人が繋がる場所を広げる。下からひたりとあてがわれたものの感触に、和巳はぶるっと身悶《みもだ》える。和巳自身の唾液でたっぷりと濡れた先端が、狭い窄《すぼ》まりをぐりぐりと掻き回して押し広げていく。

「串刺しの刑だ。たっぷり味わえ」

くくく、と笑った男に、一気に最奥《さいおう》まで差し抜かれて、目裏がまっ赤に染まるほどの衝撃に、和巳は長く尾を引く嬌声をあげる。

「……ッ……ああっ――……!?」

常より乱暴な挿入に、意識さえ飛びそうになって、和巳は大きくかぶりを振る。

だめだと……いま、フリードリヒのすべてを受け入れられるのは自分だけなのだから、呑気に悶絶なんかしている場合ではない。

傷つき、心が血を流したとき、この男はそれを性欲として発散する。

誰にもぶつけられない思いを、和巳の中へ叩き込む。

そうして、八つ当たりにも等しい暴挙を、和巳は歓喜さえ覚えながら受け止めるのだ。自分だけがフリードリヒを甘えさせることができるのだから、誰にもこの役目は渡さない。

「さあ、自分で動け。私を楽しませよ」

尊大な態度で、辛辣《しんらつ》な命令で、でも、和巳の想いを精一杯くんだ優しさで、フリードリヒは傲慢な王子を演じる。

「あ、はあっ……お、大きいっ……！」

精一杯、腰を上下させてみるが、がっちりとはまった楔《くさび》は奥の奥まで支配していて、少しも圧迫感が途絶えることがない。

「ふ……。自分で咥えたものの始末は自分でするがよい。今夜は寝かせてもらえると思うなよ」

常以上に漲った熱塊《ねっかい》が、和巳の中を好き放題に暴れ回る。

粘膜を掻き回し、前立腺のあたりを執拗《しつよう》に抉り、張りきった切っ先で最奥をずんずんと突いて、和巳を果てても知らぬ官能の高処へと放り出す。滴《したた》るような、情欲の色に包まれて。

「和巳……Mein Mauschen《マイン モイスヒェン》. 私は傷つかない。ウォルフヴァルトの薔薇の槍《ローゼンランツェ》は、なにがあっても傷つきはしない」

「あ、ああっ……殿下っ……！」

こうして抱かれながらも、フリードリヒが誇り高く己の真の名を口にするとき、和巳はいつも感じるのだ。フリードリヒの本質は、祖国への忠誠にほかならないと。

（あいつらはバカだ……！　自分達がどんなに愛されているかも知らないで……）

もしも国か和巳かの二者択一を迫られたら、フリードリヒは迷わず国を選ぶ。

そんな男だから愛したのだ。ひたすら故国を想う姿に魅《ひ》かれたのだ。

誰が知らなくても、和巳は知っている。こうして深く繋がっていてさえも、フリードリヒの心の半分を占めている、祖国への熱い想いを。その切ないまでの献身を。

――私は国に恋した愚か者だ。

いつだったか、フリードリヒが呟いた。

和巳だけが知っているその想いを、民は知らない。

その勇猛さゆえに、炎のフリッツと畏怖と敬愛をもって呼び慕われていても、皇太子のような寛大さや優しさには欠けていると、勝手に思い込んでいる。

どれほど深い愛がフリードリヒの中にあるか、和巳は知っている。知っている者の一人として、フリードリヒを支えていく。

「俺っ……俺が、いるから……！」

頼りない手は、大きな背に、とりすがることしかできない。

細腰は穿《うが》たれるたびに、あられもなく悶えるだけ。

それでも、全身全霊を懸けて、この男を守ると和巳は決めている。

「絶対……離れないっ……！」

和巳が捉える——和巳の目だけが奇跡のように捉えることのできる、フリードリヒの愛情が色あせないかぎり。

「和巳……！　Mein《マイン》 Mauschen!《モイスヒエン》」

フリードリヒもまた、狼《ウォルフ》の性《さが》を剝き出しにして、荒ぶる欲情のままに和巳の腰を穿つ。

互いの熱を、想いを確かめるために、ひたすら、強く、激しく、突き上げては、和巳を絶頂へと導いていく。

高く、高く、駆け上がったそのさきで、二人は今夜もまた、滴る蜜のように濃厚な精に濡れるのだ。何度も、何度も……。

最奥に熱いほとばしりを感じる瞬間だけは、国も民もなく、ただ二人、恍惚《こうこつ》の中で互いを唯一の存在だと感じられるから。


果てなく続くかのように思われた情熱と官能の時間も、いまはひとときの休息に入っている。

和巳の胸に頭をあずけ、脈打つ鼓動を確かめながら、どこか諦念《ていねん》を含んだ声音でフリードリヒは独りごちる。

「不思議なものだな。つらい時代には幸せになることばかりを考えていた。なのに、幸せな時代になれば、つらかったころを懐かしむ——人とはおかしな生きものだ」

「殿下……」

「平和になったのだ。もう剣を持ち、戦う必要もない。私のSPの——騎士の死をゲームに使うくらい、不安も恐れも知らない世代がすでに生まれているのだから」

「殿下が頑張ったからだよ。みんなが必死に頑張ったから。誰もなにもせずに嘆いてたら、なにも変わらなかった」

「……そうだな」

フリードリヒは、顔を上げ、ふと宵闇の色の窓へと視線を向ける。黒々と広がる針葉樹の森に、今夜は狼の遠吠えすらもない。

静寂に包まれた街こそ、平和の証であるはずなのに、どこかもの寂しい気がする。

「いつかウォルフヴァルトの民も、永遠に牙を失うときがくるのかもしれぬ。そのとき私は、喜ぶのだろうか、失望するのだろうか」

いつか——そう遠くない未来に。

——おわり——

あとがき

いつもご愛読くださっている方も、初めましての方も、こんにちは、あさぎり夕です。

『白い騎士のウエディング ～Mr.シークレットフロア～』を、お手に取っていただいてありがとうございます。この話は『白い騎士のプロポーズ』と『炎の王子』の間を繋ぐ作品という立ち位置です。マンガだとネームやページ数の制約があって、どうしても細かい説明ができないため、和巳の家族が事故にあった経緯なども書き足しました。

『炎の王子』に入っている描き下ろしマンガなどで、『基紀』の名前が『基樹』になっていたのですが、その理由も明かすこともできました。もともとこのふたつの名前は、どちらにしようかと悩んだのですが、ようやく両方を使うことができました。

今回は、基樹&ユリウスの話と、和巳&フリードリヒの話の二本立てですが、影の主役はウォルフヴァルト大公国ではないかと思っています。書くたびごとに描写が細かくなっていくので、最初に作った設定に修正を加えねばならず、今回も爵位について色々と言い訳をしています。

初めてウォルフヴァルトを作ったのは二〇〇五年のことで、それからずいぶん年月がたってしまったため、登場人物達の年齢や社会情勢がしだいに現実と合わなくなってきてしまったのが、困りものです。でも、シリーズ物にはありがちなことなので、あまり深く考えないでください。

それでなくても、もともと一度だけ試しにと始めたシリーズなので、冬夜&鷹、卓斗&響以外のカップルは、後から新たに考えているわけで、色々な意味で整合性をとるのが大変ではあるのですが、ウォルフヴァルトという国を作っておいたおかげで、同性婚の着地点を日本ではあり得ない形でつけることができました。

なんだかんだで『Mr.シークレットフロア』シリーズも四年目に突入しました。これも読者の皆様の変わらぬ応援のおかげと感謝しております。よろしければ、ご意見ご感想などお聞かせください。そして、イラスト担当の剣さんを始めとして、この本の発行にご尽力してくださったすべての方々に御礼申しあげます。本当にいつもありがとうございます。

さて、お礼のあとにお詫びをひとつ。前作のあとがきで、GOLD12月号から連載を始めると書きましたが、諸般の理由で一号ほど開始が遅れることになりました。コミックスやノベルズの発売と同時に連載を始めたかったのですが、担当さん達と話しあって無理をしないペースでやっていくことにしました。年々執筆ペースが遅くなっていくので、いつまで続けられるかわかりませんが、これからもよろしくお願いします。

二〇一三年　残暑の夜に　あさぎり夕

あとがき

みなさまと先生に
感謝とお礼を心から!!!

そして再会のウォルフヴァルト
お気に入りのキャラクターがまた
描けて、と一っても幸せでした！

今回は「白い騎士のプロポーズ」の
おまけ漫画に描いてしまった結婚式
ネタが出てきて、個人的にうれしかった
です！ みたいな裏話（笑）

こうして回を重ねられて、私は幸せ
者です！ ありがとうございます!!

剣解

◆初出一覧◆
白い騎士のウエディング ~Mr.シークレットフロア~ ／書き下ろし
妖精さんの贈り物 by 剣 解 ／描き下ろし
私の王子様 ／小説b-Boy('13年7月号)掲載
※上記作品は「私の王子 ~Mr.シークレットフロア~」として掲載された作品を改題したものです。

ビーボーイノベルズをお買い上げいただきありがとうございます。

この本を読んでのご意見・ご感想をお待ちしております。

〒162-0825 東京都新宿区神楽坂6-46
ローベル神楽坂ビル4階
リブレ出版㈱内 編集部

リブレ出版WEBサイトでアンケートを受け付けております。

サイトにアクセスし、TOPページの「アンケート」から該当アンケートを選択してください。

ご協力をお待ちしております。

リブレ出版WEBサイト http://www.libre-pub.co.jp

BBN
B●BOY NOVELS

白い騎士のウエディング ~Mr.シークレットフロア~

2013年10月20日 第1刷発行

著者――あさぎり夕
©You Asagiri 2013
発行者――太田歳子
発行所――株式会社リブレ出版
〒162-0825 東京都新宿区神楽坂6-46ローベル神楽坂ビル
営業 電話03(3235)7405 FAX03(3235)0342
編集 電話03(3235)0317
印刷所――株式会社光邦

ISBN 978-4-7997-1387-7